普及类古籍整理图书专项资助项目

名家解读经典

王季思 /选编

王小雷 /注释

弘扬传统文化，彰显文化自信

一代宗师殷殷推荐

著名学者精心诠释

古代戏曲

王季思 推荐

广陵书社

图书在版编目（ＣＩＰ）数据

王季思推荐古代戏曲 / 王季思选编 ； 王小雷注释
. -- 扬州：广陵书社，2017.7
（名家解读经典）
ISBN 978-7-5554-0788-1

Ⅰ．①王… Ⅱ．①王… ②王… Ⅲ．①古代戏曲－剧本－作品集－中国 Ⅳ．①I237

中国版本图书馆CIP数据核字(2017)第162505号

书　　名	王季思推荐古代戏曲
著　　者	王季思 选编　王小雷 注释
责任编辑	李　洁
出 版 人	曾学文
出版发行	广陵书社
	扬州市维扬路 349 号　　　　邮编　225009
	http://www.yzglpub.com　　E-mail:yzglss@163.com
印　　刷	三河市华东印刷有限公司
开　　本	650 毫米 × 940 毫米　1/16
印　　张	9.75
字　　数	120 千字
版　　次	2017 年 7 月第 1 版第 1 次印刷
标准书号	ISBN 978－7－5554－0788－1
定　　价	35.00 元

名 家 解 读 经 典
古代戏曲

目 录

中国戏曲为什么如此动人

王季思

　　这部古典戏曲选本,是我平生完成得最快也比较满意的本子。从今年1月10日开始,到4月25日结束,总共三个半月时间,分三个阶段进行:先是选定剧目,继是小雷写注释、题解,最后由我统审全稿并写序言。

　　我在60年代初期,曾与苏寰中、黄天骥合编《元人杂剧选》,在"文革"中被抄去烧毁。到70年代末,又与苏、黄及吴国钦合编了《元杂剧选注》,于1980年11月出版,前后经历近20年。后来与苏、黄、吴合编《中国戏曲选》,由1980年4月开始到1985年12月出版,前后将近5年。此外我还与李悔吾、萧善因等合选了《中国十大古典喜剧集》和《中国十大古典悲剧集》,时间在3年以上。我经常想起夏承焘先生的话:"做学问靠命长,不靠拼命。"我如果不是活到今天,这些选本都无法完成。这些选本的陆续完成,又为我这次精选,打下了比较坚实的基础,使我有可能在3个多月的时间里完成这个本子。

　　戏曲究竟萌芽于什么时代,向来争论不休。我看是和诗歌、音乐的萌芽同其久远,即萌芽于人类的童年阶段。沈约《宋书·谢灵运传论》:"歌咏所兴,宜自生民始也。"透露了此中消息。虞廷君臣赓歌,百兽率舞,即反映了史前时期人和野兽的斗争;秦汉时期的角抵戏,是它的遗风。后来又演了黄帝和蚩尤两大部落的战斗,场景更加阔大。进入夏商周的奴隶社会,生产有所发展,社会进一步分工,每一王朝始建时为了让广大的臣民从紧张的战争气氛中摆脱出来,恢复生产,在都城建筑灵囿、灵台等供自己休息,也让臣民游观,表示与民同乐。同时还在宫廷里豢养了专业性的乐师、优伶,供自己娱乐。与此相适应,民间在相对治平的时期,咏诗奏乐歌唱生产的丰收与婚姻的及时,如《国风·二南》中一些乐曲之所显示。这些都是我国戏曲萌芽状态的遗迹。

比之希腊悲剧、印度梵剧,中国戏曲是萌芽早而开花迟,酝酿久而成果大的艺术品种。戏剧是综合性的艺术,把不同艺术品种融合于空间狭小、时间有限的舞台演出之中,需要长时期的历史酝酿过程。中国戏曲综合的艺术因子又远较希腊悲剧、印度梵剧为多样。诗歌、舞蹈早就融合于迎神、娱宾的乐曲之中,后来又加入杂技、幻术、武打、假面、服饰等技术性动作和妆饰性艺术。这些不同艺术因子的加入场地演唱,如两汉砖刻、敦煌壁画之所显示,需要较长的历史过程;后来又与表现人物故事的演唱结合,达到融化无迹的化境,需要更长的历史过程。中国戏曲又在长期的封建社会发展,由于封建正统文人对戏曲的鄙视,又在艺术自身之外延缓了它的发展。然正因为中国戏曲的综合广,酝酿久,发展迟,适应着中国一句老话,"大器晚成",它的优秀成果,虽不比希腊悲剧的早熟,舞台生命却更久远,社会影响也更广泛。

黑格尔说:"戏剧的产生是文化已高度发展的时代,其时诗人无论在世界观还是在艺术修养方面,自觉性都已达到高度的发展。"(见《美学》第3卷下册267页)这里说的诗人实际即是剧作家,它在中国戏曲史里同样得到印证。很难想象,关汉卿如果没有为汉家争取正统地位的民族意识,他会把关羽的舞台形象塑造得如此豪情喷薄;王实甫如果没有为青年男女争取自愿结合的强烈愿望,他会把莺莺、张生的舞台形象塑造得如此楚楚

动人；梁辰鱼如果没有"国家之事极大、婚姻之事极小"的国家观念，他会把范蠡、西施的舞台形象塑造得如此光彩照人。这是就剧作家的世界观说的。至于艺术修养，一些优秀的古典戏曲作家，更显得取精用宏。没有唐人传奇、宋元话本的先行，剧本的故事情节不可能渐趋紧凑；没有唐诗宋词的先行，剧本的曲词不可能如此流美；没有宋金诸宫调、唱赚的先行，不可能根据剧情的变化，组织不同的曲调来演奏。写戏曲比写其他文学样式要难，因为它是综合性艺术，需要具备各种不同的艺术修养，并加以融会贯通。然而从另一方面看，读者从一个优秀戏曲作家的作品里将会体会到他进步的思想倾向和多方面的艺术修养，其欣赏效果也将是多样的、综合的。

现在可以谈谈这个选本的选目问题。

"健康的思想内容和尽可能完美的艺术形式"，曾经是我们前几个戏曲选本的选目标准，今天也还适用。但随着时代的转进，读者文化素养的提高，应有些新的考虑。

由时代的转进说，我们正在进行社会主义现代化建设。建设需要安定的社会环境，人心自然也乱久思治。"治世之音安以乐，其政和；乱世之音怨以怒，其政乖"，《诗大序》的作者早就对诗歌、音乐与时世的关系作了历史性的概括。为了发扬治世之音，安定我们的建设环境，在文艺上人们希望看到安乐的气氛、祥和的气象、成功的范例，跟那些强调揭露黑暗、激怒人心的乱世之音又有所区别。当然，为了安不忘危，治不忘乱，对我们建设新中国过程中的腐败现象、错误倾向又要有所揭露，但态度应该是惩前毖后、治病救人的。跟这种时代之音相适应，我们在选目时，适当压缩了悲剧场子，增加了喜剧和正剧。举例来说，关汉卿的作品，我在前三个选本里都选了他的《窦娥冤》和《救风尘》，这次他是第一个入选的作家，一翻开选本就怨气冲天，跟我们的时代气氛、读者的心理愿望不大合拍,改选了《单刀会》。因为它是斗争胜利的范例,可以鼓舞人们热爱祖国的豪情和信心。在南戏《拜月亭》里,我不选悲剧性场子"抱恙离鸾",而选喜剧性的"招商谐偶"。在《桃花扇》里不选悲剧性的"守楼",而选正剧性的"却奁",同样说明问题。

再就读者说,这个本子是作为文艺读物编选的。作为舞台演出本,要给识字的人和不识字的人同看,曲词、对白越通俗越本色越好。现传一些南戏北剧的手抄本就是如此。后来经过书会才人的加工,书坊文人的整理,文理清通,曲词更流美了,这才吸引了越来越多的读者,也打入士大夫阶层,动摇了他们的诗文擅长的独尊地位。有些擅长诗文的作家也热心写起戏来,在戏曲史上出现了汤显祖的"临川四梦",吴炳的"粲花五种",李渔的"笠翁十种",蒋心余的"藏园十种",以及洪昇、孔尚任经过十年惨淡经营才完稿的《长生殿》、《桃花扇》。比之以本色、当行擅长的宋元南戏杂剧,他们的传奇剧本以其文采斐然,赏心悦目,赢得更广大的读者。我们这次选目,为读者着想,也多从这一派作家作品选取。在入选的剧目中,《琵琶记》不选"糟糠自餍"、"琵琶上路",而选"琴诉荷池";《长生殿》不选《楔游》《絮阁》,而选《弹词》,也出于这种考虑。由于文词的变化,不像口语的变化来得快,所以文采派的作品可以得到一些文学素养较高的人的喜爱,流传也较久远。孔子说:"言之不文,行之不远。"多少可以说明这个道理。"五四"运动以后,为了启迪民众,雪耻图强,提倡白话文学和民间口头创作,很有必要。然因此就轻视一些优秀的诗文作家和明清文采派的传奇作家,未免矫枉过正,何况今天人民的文化素质已远非"五四"时期可比。他们看多了普及的大众化的作品之后也希望看到一些提高的文学色彩较浓厚的作品。

在十八世纪的欧洲，曾经出现过"中国戏剧热"。期望在下一世纪的某个时候能够再次出现。这不是一个虚幻的向往，在异域出现"中国戏剧热"，是中华民族富强以后必然出现的趋向。

这个选本的完成，不仅时间最短，合作得也比较愉快。小雷根据我的选目起草初稿，遇到问题她随时提问，我随时作答，父女之间得到文字商量之乐。我书房里戏曲本子和工具书都较多，记得小雷在注《琵琶记》时注到"楼台倒影入池塘，绿树阴浓夏日长"两句，我觉得似曾相识，旧本没有注明，我童年时读过《千家诗》，仿佛有点印象，小雷一查就查到了，是高骈《山亭夏日》中的两句。我快意于童年记忆的未曾完全丧失，不禁得意忘形，笑得说不出话来。

我今年已过八五，除了《全元戏曲》的收尾工作外，本不想再搞其他著作。这个选本的完成，还出于我对亡妻姜海燕的怀念，她与我结婚30年，一直是我工作上的得力帮手，生活上的亲密伴侣。有了小雷后，她又以慈母的爱心倾其注意力于小雷，并希望我在专业上帮助她尽快成长。我与小雷这次合作较愉快，是还想以我们父女合作的成果敬献于她的遗像之前，告慰她我们还像她在生时一样地生活，一样地工作，并没有忘记她长期以来对我们的殷切嘱望。

一九九一年四月二十六日

单 刀 会

关汉卿

第四折^[1] 刀 会

（鲁肃上，云）欢来不似今朝，喜来那逢今日。小官鲁子敬是也。我使黄文持书去请关公，欣喜许今日赴会，荆襄地合^[2]归还俺江东。英雄甲士已暗藏壁衣之后，令人江上相候，见船到便来报我知道。

（正末^[3]关公引周仓上，云）周仓，将到那里也？（周云）来到大江中流也。

（正云）看了这大江，是一派好水也呵！（唱）

【双调新水令】^[4]大江东去浪千叠，引着这数十人驾着这小舟一叶。又不比九重龙凤阙^[5]，可正是千丈虎狼穴。大丈夫心别^[6]，（云）来，来，来！（唱）我觑这单刀会似赛村社^[7]。

（云）好一派江景也呵！（唱）

【驻马听】水涌山叠，年少周郎何处也？不觉的灰飞烟灭，可怜黄盖转伤嗟。破曹的樯橹一时绝，鏖兵的江水犹然热，好教我情惨切！（云）这也不是江水，（唱）二十年流不尽的英雄血！

（云）却早来到也，报复去。（卒报科^[8]）（做相见科）（鲁云）江下小会，酒非洞里之长春，乐乃尘中之菲艺^[9]，猥劳^[10]君侯屈高就下，降尊临卑，实乃鲁肃之万幸也。（正云）量某有何德能，着大夫置酒张筵，既请必至。（鲁云）黄文，将酒来。二公子满饮一杯。（正云）大夫饮此杯。（把盏科）（正云）想古今咱这人过月日好疾也呵！（鲁云）过日月是好疾也。光阴似骏马加鞭，浮世似落花流水。（正唱）

【胡十八】恰一国兴，早一朝灭，那里也舜五人、汉三杰？^[11]两朝相隔数年别，不付能^[12]见者，却又早老也。开怀的饮数杯，（云）将酒来。（唱）尽心儿待醉一夜。

（把盏科）（正云）你知"以德报德，以直报怨"[13]么？（鲁云）既然将军言"以德报德，以直报怨"，借物不还者谓之怨。想君侯文武全材，通练兵书，习《春秋》《左传》[14]，济拔颠危，匡扶社稷[15]，可不谓之仁乎？待玄德如骨肉，觑曹操若仇雠，可不谓之义乎？辞曹归汉，弃印封金[16]，可不谓之礼乎？坐服于禁，水淹七军[17]，可不谓之智乎？且将军仁义礼智俱足，惜乎止少个信字，欠缺未完。再若得全个信字，无出君侯之右也[18]。（正云）我怎生失信？（鲁云）非将军失信，皆因令兄玄德公失信。（正云）我哥哥怎生失信来？（鲁云）想昔日玄德公败于当阳之上，身无所归，因鲁肃之故，屯军三江夏口。鲁肃又与孔明同见我主公，即日兴师拜将，破曹兵于赤壁之间。江东所费巨万，又折了首将黄盖[19]。因将军贤昆玉[20]无尺寸地，暂借荆州以为养军之资；数年不还。今日鲁肃低情曲意，暂取荆州，以为救民之急；待仓廪丰盈，然后再献与将军掌领。鲁肃不敢自专，君侯台鉴不错[21]。（正云）你请我吃筵席来那，是索荆州来？（鲁云）没、没、没，我则这般道。孙、刘结亲，以为唇齿，两国正好和谐。（正唱）

【庆东原】你把我真心儿待，将筵宴设，你这般攀今览古，分甚枝叶[22]？我根前使不着你"之乎者也"、"诗云子曰"，早该豁口截舌[23]！有意说孙刘，你休目下番成吴越[24]！

（鲁云）将军原来傲物轻信！（正云）我怎么傲物轻信？（鲁云）当日孔明亲言：破曹之后，荆州即还江东。鲁肃亲为代保。不思旧日之恩，今日恩变为仇，犹自说"以德报德，以直报怨"。圣人道："信近于义，言可复也[25]。""去食去兵，不可去信[26]。""大车无辕，小车无軏，其可以行之哉[27]？"今将军全无仁义之心，枉作英雄之辈。荆州久借不还，却不道"人无信不立"！[28]（正云）鲁子敬，你听的这剑戛[29]么？（鲁云）剑戛怎么？（正云）我这剑戛，头一遭诛了文丑，第二遭斩了蔡阳[30]，鲁肃呵，莫不第三遭到你也？（鲁云）没、没，我则这般道来。（正云）这荆州是谁的？（鲁云）这荆州是俺的。（正云）你不知，听我说。（唱）

【沉醉东风】想着俺汉高皇图王霸业，汉光武秉正除邪，汉献帝将董卓诛，汉皇叔把温侯灭[31]，俺哥哥合承受汉家基业，则你这东吴国的孙权，和俺刘家却是甚枝叶？请你个不克己[32]先生自说！

　　（鲁云）那里甚么响？（正云）这剑戛二次也。（鲁云）却怎么说？（正云）这剑按天地之灵，金火之精，阴阳之气，日月之形；藏之则鬼神遁迹，出之则魑魅[33]潜踪；喜则恋鞘沉沉而不动，怒则跃匣铮铮而有声。今朝席上，倘有争锋，恐君不信，拔剑施呈。吾当摄剑，鲁肃休惊。这剑果有神威不可当，庙堂[34]之器岂寻常；今朝索取荆州事，一剑先交鲁肃亡。（唱）

【雁儿落】则为你三寸不烂舌，恼犯我三尺无情铁。这剑饥餐上将头，渴饮仇人血。

【得胜令】则是条龙向鞘中蛰[35]，唬得人向坐间呆，今日故友每才相见，（云）剑呵！（唱）休着俺弟兄每相间别。鲁子敬听者，你个鲁大夫休乔怯，畅好是随邪[36]，休怪我十分酒醉也。

　　（鲁云）藏宫，动乐。（藏宫上，云）天有五星，地攒[37]五岳，人有五德，乐按五音。五星者：金、木、水、火、土。五岳者：常、恒、泰、华、嵩。五德者：温、良、恭、俭、让。五音者：宫、商、角、徵、羽[38]。（甲士拥上科）（鲁云）埋伏了者。（正击案，怒云）有埋伏也无埋伏？（鲁云）并无埋伏。（正云）若有埋伏，一剑挥之两段！（做击案科）（鲁云）你击碎菱花[39]。（正云）我特来破镜！（唱）

【搅筝琶】却怎生闹炒炒军兵列，上来的休遮当，莫拦截！（云）当着我的，呵呵！（唱）我着他剑下身亡，目前流血。便有那张仪口、蒯通舌[40]，休那里躲闪藏遮。（云）壮士一怒，别话休提！（唱）好生的送我到船上者，我和你慢慢的相别。

　　（鲁云）你去了倒是一场伶俐[41]。（黄文云）将军，有埋伏哩。（鲁云）迟了我的也。（关平领众将上，云）请父亲上船，孩儿每来迎接哩。（正云）鲁肃，休惜殿后[42]。（唱）

【离亭宴带歇指煞】我则见紫袍银带公人[43]列，晚天凉风冷芦花谢，我心中喜悦。昏惨惨晚霞收，冷飕飕江风起，急飐飐[44]云帆扯。承管待[45]、承管待，多承谢、多承谢。道与艄公且慢者，缆解开岸边龙,船分开波中浪,棹搅碎江心月。正欢娱有甚进退,且谈笑不分明夜[46]。说与你两件事先生记者:百忙里称不了老兄心,急切里[47]倒不了俺汉家节。(并下)

【题解】

此剧全名《关大王独赴单刀会》。关大王即关羽。三国鼎立之初,东吴鲁肃曾作保将荆州借给刘备,刘备派关羽镇守。赤壁之战后,鲁肃想向关羽要回荆州。此剧前二折写鲁肃定计三条,请关羽过江赴宴,东吴老臣乔国老、关羽故人司马徽深知关羽勇烈威武,劝鲁肃不要自讨苦吃。第三折写关羽明知宴会包藏祸机仍然慷慨应邀。这里所选的第四折则写关羽与鲁肃的正面交锋。史载当时关羽以"夫土地者,惟德所在耳,何常之有"为由拒绝鲁肃;又有记载鲁肃据理力争,振振有词,关羽无言以对的。本剧却写关羽以维护汉家基业为己任,大义凛然,藐视孙吴,勇武逼人,令鲁肃乖乖将他送上归舟。这一改造,无疑寄托了在外族统治下的汉族人民的理想。本剧把历史上发生在益阳的谈判改到江边,让关羽对江凭吊赤壁之战,令江山为人物添豪情,人物为江山增气象,表现出深邃奇丽的诗意和感情。另外,本剧能发挥我国戏曲在舞台处理上的特点,通过艄公开船、解缆等的虚拟动作和关羽、周仓等在渡江时的动荡姿态,给人以美的享受。这些特点使本剧成为《三国演义》成书之前的一个优秀的三国故事剧,至今仍是京剧红生戏的著名剧目。

本出据《元杂剧选注》(王季思等选注)移录,个别地方参照《元刊杂剧三十种》补正。注解参考王学奇的《关汉卿全集校注》、吴国钦的《关汉卿全集》。

【作者简介】

关汉卿,中国戏剧史上的伟大作家。因其生平资料缺乏,只能根据零星线索,推测他是由金入元的作家,出生并活动于今河北一带,著有杂剧六十多种,居元代剧作家之首,今存十八种。此剧为关汉卿晚年所作。

【注释】

〔1〕折:元杂剧剧本结构的一个段落。相当于现代戏剧中的一幕。元杂剧一般以四折为一本,高潮往往出现在第三折。但本剧把高潮安排在第四折,别具一格。

〔2〕合:意为应该。

〔3〕正末：扮演剧中主要男性人物的角色，简称"正"或"末"。元杂剧有"末本""旦本"之别，凡末本全部曲牌皆由正末独唱。

〔4〕双调：戏曲宫调名。宫调是我国古代音乐里的乐调，好像西方音乐中有C调、D调一样，在戏曲中通用的有仙吕、南吕、中吕、黄钟、正宫、大石、双调、商调和越调等九种。〔新水令〕及下面的〔驻马听〕等，是双调里的曲牌。〔新水令〕和〔驻马听〕两曲，多化用苏轼〔念奴娇〕《赤壁怀古》句而更富英雄气概，历来最为人所赏。

〔5〕九重：这里指皇帝的住处。阙：皇宫门前两边的牌楼。

〔6〕别：特别，不一般。

〔7〕赛村社：农村社日的迎神赛会。

〔8〕科：戏曲术语，指元杂剧剧本中关于动作、表情或其他方面的舞台提示。

〔9〕长春：神话中仙人酿制的美酒之名。菲(fěi匪)艺：薄艺，不像样的技艺。

〔10〕猥(wěi委)劳：有劳，麻烦。猥，卑下意，在此表示谦卑。

〔11〕舜五人：指舜的五位贤臣禹、弃、契、皋陶、垂。汉三杰：指汉高祖刘邦的辅臣张良、韩信、萧何。

〔12〕不付能：才能，好不容易的意思。

〔13〕"以德报德，以直报怨"：语见《论语·宪问》，意为应用恩德报答别人的恩德，用公正的态度对待别人的不公。

〔14〕《春秋》：相传是孔子据鲁国文献写的史书。《左传》：相传是左丘明根据《春秋》而敷演的史书。

〔15〕济拔：犹"救拔"，拯救的意思。颠危：指动乱的危局。匡扶社稷：意为匡救国家。"社"为土地神，"稷"为粮食神，俱为古代帝王所必祭祀的，因此成为国家的代称。

〔16〕辞曹归汉，弃印封金：关羽在徐州兵败，弟兄失散后一度归附曹操，后得知刘备下落，便留下曹操厚赠的金银印绶，带着刘备的家小投奔刘备。

〔17〕坐服于禁，水淹七军：曹操派于禁统领七支军旅攻樊城，关羽决襄江之水淹之。

〔18〕无出君侯之右：没有高于君侯(指关羽)的。右，古时以右为上，指较高的地位。

〔19〕黄盖：东吴部将，史载死于疾病。民间传说他中箭落水而亡。

〔20〕昆玉：敬称别人兄弟，此指刘备。

〔21〕不错：明白鉴察的意思。台鉴不错：是禀陈情况之后请求裁夺的恭辞。

〔22〕枝叶：在此比喻与本题无关的闲话；在下面〔沉醉东风〕中则指旁枝远族。

〔23〕豁口截舌：豁开口，割掉舌头，意思怪他多嘴。

〔24〕吴越：春秋时两个敌对的国家。

〔25〕"信近于义"二句：语见《论语·学而》。意思是说，信与义很相近，其承诺都能够付诸实践。复，实践诺言。

〔26〕"去食去兵"二句：语见《论语·颜渊》。意思是在军队、粮食、信用三者之中，

信用最重要。

〔27〕"大车无輗"三句：语见《论语·为政》。古代车前均有驾牲口之横木，驾牛的叫輗（ní 泥），驾马的叫軏（yuè 月）。

〔28〕人无信不立：语出《论语·颜渊》。

〔29〕剑戛：剑响。

〔30〕文丑：袁绍的部将。蔡阳：曹操的部将。

〔31〕温侯：即吕布，董卓部将，为曹操、刘备所擒杀。

〔32〕不克己：谓不能克服自己的偏见。

〔33〕魑魅（chī mèi 痴妹）：传说中山林里会害人的妖怪。

〔34〕庙堂：太庙的明堂，古代帝王祭祀、议事的地方。

〔35〕蛰（zhé 折）：动物冬眠时藏起来不食不动，在此形容鞘中剑。

〔36〕乔：做作，引申为刁滑。乔怯：既刁滑又胆怯。畅好：真正、实在的意思。随邪：歪邪，薄情寡义。

〔37〕攒（zǎn 昝第三声）：积聚。

〔38〕宫商角徵（zhǐ 只）羽：古代五音的名称。古时对尊者之名要避讳，羽是关羽名讳，由藏宫公然念出，实为给甲士的暗号，并表示鲁肃对关羽的不敬，故下文关羽也以"我特来破镜（谐敬，鲁肃字子敬）"作为回敬。

〔39〕菱花：古代铜镜。

〔40〕张仪：战国时魏人，为秦游说六国的著名辩士。蒯（kuǎi 快第三声）通：楚汉时韩信麾下的谋士。

〔41〕伶俐：这里是干净、利索的意思。

〔42〕殿后：在后面护送。殿，殿军，在后面掩护大部队撤退的军队。

〔43〕公人：指官员。

〔44〕急飐（zhǎn 展）飐：风吹船帆急速抖动的样子。

〔45〕管待：款待。

〔46〕明夜：白天黑夜。

〔47〕急切里：急迫中。

汉 宫 秋

马致远

第三折 送 别

(番使拥旦[1]上,奏胡乐科,旦云)妾身王昭君,自从选入宫中,被毛延寿将美人图点破,送入冷宫。甫[2]能得蒙恩幸,又被他献与番王形像。今拥兵来索,待不去,又怕江山有失;没奈何将妾身出塞和番。这一去,胡地风霜,怎生消受也! 自古道:"红颜胜人多薄命,莫怨春风当自嗟[3]。"(驾[4]引文武内官上,云)今日灞桥[5]饯送明妃,却早来到也。(唱)

【双调新水令】锦貂裘生改尽汉宫妆,我则索[6]看昭君画图模样。旧恩金勒短,新恨玉鞭长。本是对金殿鸳鸯,分飞翼,怎承望!

(云)您文武百官计议,怎生退了番兵,免明妃和番者。(唱)

【驻马听】宰相每商量,大国使还朝多赐赏。早是俺夫妻悒怏,小家儿出外也摇装[7]。尚兀自渭城衰柳[8]助凄凉,共那灞桥流水添惆怅。偏您不断肠,想娘娘那一天愁都撮在琵琶上。

(做下马科)(与旦打悲科)(驾云)左右慢慢唱者,我与明妃饯一杯酒。(唱)

【步步娇】您将那一曲阳关[9]休轻放,俺咫尺如天样,慢慢的捧玉觞。朕本意待尊前捱些时光,且休问劣了宫商[10],您则与我半句儿俄延着唱。

(番使云)请娘娘早行,天色晚了也。(驾唱)

【落梅风】可怜俺别离重,你好是归去的忙。寡人心先到他李陵台[11]上,回头儿却才魂梦里想,便休题贵人多忘。

(旦云)妾这一去,再何时得见陛下? 把我汉家衣服都留下者。(诗云)正是:今日汉宫人,明朝胡地妾。忍着主衣裳,为人作春色[12]!(留衣服

科)(驾唱)

【殿前欢】则甚么留下舞衣裳,被西风吹散旧时香[13]。我委实怕宫车再过青苔巷,猛到椒房[14],那一会想菱花镜里妆,风流相,兜的[15]又横心上。看今日昭君出塞,几时似苏武还乡[16]?

(番使云)请娘娘行罢,臣等来多时了也。(驾云)罢罢罢!明妃,你这一去,休怨朕躬也。(做别科,驾云)我那里是大汉皇帝!(唱)

【雁儿落】我做了别虞姬楚霸王,全不见守玉关征西将[17]。那里取保亲的李左车,送女客的萧丞相[18]?

(尚书云)陛下不必挂念。(驾唱)

【得胜令】那里也架海紫金梁[19]? 枉养着那边庭上铁衣郎。您也要左右人扶侍,俺可甚糟糠妻[20]下堂? 您但提起刀枪,却早小鹿儿心头撞[21]。今日央及煞娘娘,怎做的男儿当自强[22]!

(尚书云)陛下,咱回朝去罢。(驾唱)

【川拨棹】怕不待放丝缰,咱可甚鞭敲金镫响[23]? 你管燮理[24]阴阳,掌握朝纲,治国安邦,展土开疆;假若俺高皇,差你个梅香[25],背井离乡,卧雪眠霜,若是他不恋恁春风画堂,我便官封你一字王[26]。

(尚书云)陛下不必苦死留他,着他去了罢。(驾唱)

【七弟兄】说甚么大王、不当、恋王嫱,兀良[27],怎禁他临去也回头望! 那堪这散风雪旌节影悠扬,动关山鼓角声悲壮。

【梅花酒】呀! 俺向着这迥野悲凉,草已添黄,兔早迎霜[28]。犬褪得毛苍,人搠起缨枪,马负着行装,车运着糇粮,打猎起围场[29]。他他他,伤心辞汉主;我我我,携手上河梁[30]。他部从入穷荒,我銮舆返咸阳。返咸阳,过宫墙;过宫墙,绕回廊;绕回廊,近椒房;近椒房,月昏黄;月昏黄,夜生凉;夜生凉,泣寒螀[31];泣寒螀,绿纱窗;绿纱窗,不思量!

【收江南】呀! 不思量除是铁心肠! 铁心肠也愁泪滴千行。美

人图今夜挂昭阳,我那里供养,便是我高烧银烛照红妆[32]。

(尚书云)陛下回銮罢,娘娘去远了也。(驾唱)

【鸳鸯煞】我只索大臣行说一个推辞谎,又则怕笔尖儿那火编修讲[33]。不见他花朵儿精神,怎趁那草地里风光? 唱道[34]伫立多时,徘徊半响,猛听的塞雁南翔,呀呀的声嘹亮,却原来满目牛羊,是兀那载离恨的毡车[35]半坡里响。(下)

(番王引部落拥昭君上,云)今日汉朝不弃旧盟,将王昭君与俺番家和亲。我将昭君封为宁胡阏氏[36],坐我正宫。两国息兵,多少是好。众将士,传下号令,大众起行,望北而去。(做行科)(旦问云)这里甚地面了?(番使云)这是黑江,番汉交界去处。南边属汉家,北边属我番国。(旦云)大王,借一杯酒,望南浇奠,辞了汉家,长行去罢。(做奠酒科,云)汉朝皇帝,妾身今生已矣,尚待来生也。(做跳江科)(番王惊救不及,叹科,云)嗨! 可惜,可惜! 昭君不肯入番,投江而死。罢罢罢! 就葬在此江边,号为青冢[37]者。我想来,人也死了,枉与汉朝结下这般仇隙,都是毛延寿那厮搬弄出来的。把都儿[38],将毛延寿拿下,解送汉朝处治。我依旧与汉朝结和,永为甥舅,却不是好?(诗云)则为他丹青画误了昭君,背汉主暗地私奔。将美人图又来哄我,要索取出塞和亲。岂知道投江而死,空落的一见消魂。似这等奸邪逆贼,留着他终是祸根。不如送他去汉朝哈喇[39],依还的甥舅礼两国长存。(下)

【题解】

史载王昭君出嫁匈奴,先后为两位单于生育一子二女,多少增进了汉朝与匈奴之间的和睦。此后,历代都有为昭君出塞而创作的文学作品,表现出不同时代、不同作家对这一历史事件的不同理解与感受,但几乎不约而同地都渲染了昭君故事中的悲剧因素。其中,以马致远的《汉宫秋》影响最大。《汉宫秋》把故事改为汉元帝时国势衰弱,奸臣毛延寿因求贿不遂而丑化王昭君的画像,事发叛国,勾引匈奴发兵强索昭君。满朝文武不敢抵敌,元帝只得忍痛让昭君出塞,亲到灞桥送别。昭君行至汉匈交界的黑江,投水自杀。全剧在元帝怀念昭君的感伤气氛中结束。这一改造,既反映了元初汉人国破家亡、妻离子散之痛苦,又概括了历史上若干腐朽君臣的共同特点。在林林总总的咏叹昭君故事的作品中给人一枝独秀的感受。

本折写汉元帝送昭君出塞,虽然设置了"脱衣"和"投水"情节,但其特色却是在于昭君的宾白信手拈用古诗,元帝的唱词熔裁史事,提炼口语,浑成无迹却意境深广。元剧的宾白往往失之草率浅俚,本剧因其曲白俱美而在不少元曲选本中成为压卷之作。

本折据《中国戏曲选》(王起主编)移录。

【作者简介】

马致远,号东篱,大都人,曾出任江浙行省务官,晚年隐居田园。一生写过杂剧十三种,现存七种,人称"曲状元"。

【注释】

〔1〕旦:扮演女性人物的角色。这里指王昭君。

〔2〕甫:才、刚刚。

〔3〕"红颜胜人多薄命"两句:出自宋代欧阳修的《明妃曲》。

〔4〕驾:元杂剧中对皇帝的俗称。这里指汉元帝。

〔5〕灞桥:在现西安之东,灞水之上,古人多于此送别。明妃:即王昭君,名嫱,汉元帝的宫女。西晋时为避司马昭之讳改为明君,后称明妃。本剧根据剧情需要编写为元帝封昭君为明妃。

〔6〕则:只。索:得。则索:只得,只能够。

〔7〕早是:本来。悒怏(yì yàng易样):不愉快。小家儿:小户人家。摇装:从南北朝到明代一直流传的风俗,远行者在离家前,选吉日出门,亲友送至江边,被送者上船一会又折回来,另日再正式出发。

〔8〕尚兀(wù悟)自:尚自。兀:无义,声音助词。渭城衰柳:用唐代王维《送元二使安西》的"渭城朝雨浥轻尘,客舍青青柳色新"二句诗意。渭城,在今陕西咸阳市东。

〔9〕一曲阳关:王维《送元二使安西》诗三四句云:"劝君更尽一杯酒,西出阳关无故人。"后人因谱作送别唱的《阳关三叠》曲。

〔10〕劣了宫商:音调不协的意思。宫商:是我国古代五声音阶宫商角徵羽的简称。

〔11〕李陵台:李陵是汉代名将,兵败投降于匈奴。李陵台在今内蒙古自治区波罗城。

〔12〕"今日汉宫人"四句:前二句出于李白《王昭君》诗,后二句出于宋代陈师道《妾薄命》诗,原诗"春色"作"春妍"。

〔13〕西风吹散旧时香:此为元诗人元淮《昭君出塞》诗的句子。原诗云:"西风吹散

旧时香,收起宫妆换北妆。戎帽貂裘同锦绮,翠眉蝉鬓怯风霜。草白云黄金勒短,旧愁新恨玉鞭长。一天怨在琵琶上,试请征鸿问汉皇。"〔新水令〕〔驻马听〕等曲,也多化用它的句意。

〔14〕椒房:皇后居住的地方,据说用香椒涂墙,故称。

〔15〕兜的:即陡的,突然之意。

〔16〕苏武还乡:苏武是汉代出使匈奴的使臣,匈奴曾迫他投降,他始终不屈,被禁十九年,后得回国。

〔17〕"我做了别虞姬楚霸王"二句:楚汉相争时,楚王项羽的爱妾虞姬在汉军重围中自刎。玉关:玉门关,古代军事要塞。

〔18〕"那里取保亲的李左车"二句:过去婚礼,女子出嫁时,由亲戚一人陪送到夫家,叫做送女客。李左车,汉初著名的谋士。萧丞相,汉代的萧何。在史书上,没有记载李左车和萧何做媒送亲的事,这是汉元帝讽刺文武大臣们,除了保亲送女客以外,别无用处。

〔19〕那里也架海紫金梁:意说哪里有架海金梁呢! 元人杂剧常以"擎天白玉柱,架海紫金梁"比喻重臣名将。

〔20〕糟糠妻:指共过患难的妻子。汉光武帝想把湖阳公主嫁给宋弘,要他先休掉妻子。宋弘拒绝说:"贫贱之交不可忘,糟糠之妻不下堂。"

〔21〕小鹿儿心头撞:因紧张而心头跳动,就像小鹿撞触心头一样。

〔22〕央:借作"殃"。央及:连累及。男儿当自强:语自唐李颀《缓歌行》"男儿立身须自强"句。

〔23〕怕不待:难道不准备。鞭敲金镫响:元人杂剧常以"鞭敲金镫响,人唱凯歌回"形容胜利归来的气概。

〔24〕燮(xiè谢)理:调和。

〔25〕梅香:宋元戏曲、话本中对婢女的通称。

〔26〕恁(nín):即您。一字王:最高的爵位。辽代封王用一个字的,地位最尊,如赵王、魏王。两个字则次一等,如兰陵郡王。汉代没有这种制度,这里是借用的。

〔27〕兀良:无义。用于句首时,有加强语气或指示方向的意味。一说,兀良是蒙古语的译音,是"天哪"、"我的乖乖"之类的惊诧词。

〔28〕迥野:广阔的原野。兔早迎霜:迎霜,指白色,迎霜兔是元人习用的一个词。

〔29〕猴(hóu喉)粮:干粮。打猎起围场:意思是打猎的撤掉了围场。

〔30〕携手上河梁:《文选·李少卿与苏武诗》:"携手上河梁,游子暮何之。"表示惜别的意思。

〔31〕寒蛩(jiāng将):蝉之一种,至深秋天寒则不鸣。

〔32〕高烧银烛照红妆:宋代苏轼《海棠》诗:"只恐夜深花睡去,高烧银烛照红妆。"

〔33〕"我只索大臣行说一个推辞谎"二句:意说我只要在大臣们面前说句推托的话,又怕那伙编修罗唆。那火,那伙;编修,官名,掌管编写国史。

〔34〕唱道:元剧中〔双调·鸳鸯煞〕的定格,第五句开头,必用此二字作衬字,词义不固定,在此句中没有明确意义。

〔35〕毡车:唐代回鹘的后妃所坐的车子,用毡子作篷。

〔36〕阏氏(yān zhī胭脂):汉代匈奴称君王的正妻。

〔37〕昭君墓在今内蒙古境内,后人称为青冢(zhǒng肿)。

〔38〕把都儿:蒙古语意为勇士。

〔39〕哈喇:蒙古语杀的意思。

西 厢 记

王实甫

第三本 第二折 闹 简

(旦〈莺莺〉上,云)红娘伏侍老夫人不得空便,偌早晚敢待[1]来也。起得早了些儿,困思上来,我再睡些儿咱。(睡科)(红〈红娘〉上,云)奉小姐言语去看张生,因伏侍老夫人,未曾回小姐话去。不听得声音,敢又睡哩! 我入去看一遭。(红唱)

【中吕粉蝶儿】风静帘闲,透纱窗麝兰香散,启朱扉摇响双环[2]。绛台高,金荷小,银钉犹灿[3]。比及将暖帐轻弹,先揭起这梅红罗软帘偷看[4]。

【醉春风】则见他钗蝉[5]玉斜横,鬓偏云乱挽。日高犹自不明眸,畅好是[6]懒、懒。(旦做起身长叹科)(红唱)半晌抬身,几回搔耳,一声长叹。

(红云)我待便[7]将简帖儿与他,恐俺小姐有多少假处哩。我则将这简帖儿放在妆盒儿上,看他见了说什么。(旦做对镜科,见帖看科[8])(红唱)

【普天乐】晚妆残,乌云軃[9],轻匀了粉脸,乱挽起云鬟。将简帖儿拈,把妆盒儿按,开拆封皮孜孜[10]看,颠来倒去不害心烦。(旦怒叫)红娘! (红做意[11]云)呀! 决撒[12]了也! (红唱)厌的早揞皱了黛眉。(旦云)小贱人,不来怎么! (红唱)忽的波低垂了粉颈,氲的呵改变了朱颜[13]。

(旦云)小贱人,这东西那里将来的? 我是相国的小姐,谁敢将这简帖来戏弄我? 我几曾惯看这等东西? 告过夫人,打下你个小贱人下截来。(红云)小姐使将我去,他着我将来。我不识字,知他写着什么? (红唱)

【快活三】分明是你过犯[14]，没来由把我摧残。使别人颠倒恶心烦[15]。你不"惯"，谁曾"惯"？

（红云）姐姐休闹，比及你对夫人说呵，我将这简帖儿去夫人行出首去来[16]。（旦做揪住红科，云）我逗你耍来。（红云）放手，看打下下截来！（旦云）张生近日如何？（红云）我则不说。（旦云）好姐姐，你说与我听咱！（红唱）

【朝天子】张生近间、面颜，瘦得来实难看。不思量茶饭，怕见动弹。晓夜[17]将佳期盼，废寝忘餐。黄昏清旦[18]，望东墙淹泪眼。（旦云）请个好太医看他症候咱。（红云）他症候吃药不济[19]。（红唱）病患、要安，则除是出几点风流汗。

（旦云）红娘，不看你面呵，我将与老夫人，看他有何面目见夫人？虽然我家亏他，只是兄妹之情，焉有外事。红娘，早是你口稳哩；若别人知呵，什么模样。（红云）你哄着谁哩！你把这个饿鬼弄的他七死八活，却要怎么？（红唱）

【四边静】怕人家调犯[20]，"早共晚夫人见些破绽，你我何安"。问什么他遭危难？撺断得上竿，掇了梯儿看[21]。

（旦云）将描笔[22]儿过来，我写去回他，着他下次休是这般。（旦做写科，起身科，云）红娘，你将去说："小姐看望先生，相待兄妹之礼如此，非有他意。再一遭儿是这般呵，必告夫人知道。"和你个小贱人都有说话[23]。（旦掷书，下）（红唱）

【脱布衫】小孩儿家口没遮拦，一迷的将言语摧残[24]。把似你使性子休思量秀才[25]，做多少好人家风范。（红做拾书科，唱）

【小梁州】他为你梦里成双觉后单，废寝忘餐。罗衣不奈五更寒，愁无限，寂寞泪阑干[26]。

【幺篇】似这等辰勾空把佳期盼，我将这角门儿世不曾牢拴[27]，则愿你做夫妻无危难。你向这筵席头上整扮，我做一个缝了口的撮合山[28]。

（红云）我若不去来，道我违拗他，那生又等我回报。我须索走一遭。（下）

（〈末张珙〉上，云）那书倩红娘将去，未见回话。我这封书去，必定成事。这早晚敢待来也。（红上，云）须索回张生话去。小姐，你性儿太惯得娇了。有前日的心，那得今日的心来？（唱）

【石榴花】当日个晚妆楼上杏花残，犹自怯衣单，那一片听琴心清露月明间[29]。昨日个向晚，不怕春寒，几乎险被先生馔[30]。那其间岂不胡颜[31]。为一个不酸不醋风魔汉，隔墙儿险化做了望夫山[32]。

【斗鹌鹑】你用心儿拨雨撩云[33]，我好意儿传书寄简。不肯搜自己狂为，则待要觅别人破绽。受艾焙权时忍这番，畅好是奸[34]。（云）"张生是兄妹之礼，焉敢如此！"（唱）对人前巧语花言；（云）没人处便想张生，（唱）背地里愁眉泪眼。

（红见末科）（末起云）小娘子来了？擎天柱，大事如何了也？（红云）不济了，先生休傻。（末云）小生简帖儿是一道会亲的符篆[35]，则是小娘子不用心，故意如此。（红云）我不用心？有天哩！你那简帖儿好听！（唱）

【上小楼】这的是先生命悭[36]，须不是红娘违慢。那简帖儿倒做了你的招状，他的勾头[37]，我的公案。若不是觑面颜，厮顾盼，担饶轻慢[38]。（云）先生受罪，礼之当然。贱妾何辜？（唱）争些儿把你娘拖犯[39]。（末云）小姐几时能相会一面？（红唱）

【幺篇】从今后相会少，见面难。月暗西厢，风去秦楼，云敛巫山[40]。你也趱，我也趱，请先生休讪，早寻个酒阑人散[41]。（红云）只此，再不必申诉足下肺腑。怕夫人寻，我回去也。（末云）小娘子此一遭去，再着谁与小生分剖[42]？必索做一个道理，方可救得小生一命。（末跪下，揪住红科）（红云）张先生是读书人，岂不知此意，其事可知矣。（唱）

【满庭芳】你休要呆里撒奸[43]；你待要恩情美满，却教我骨肉摧残。老夫人手执着棍儿摩挲[44]看，粗麻线怎透得针关。直待我拄着拐帮闲钻懒,缝合唇送暖偷寒[45]。(云)待去呵,小姐性儿撮盐入火[46]。(唱)消息儿踏着泛[47];(云)待不去呵——(末跪,哭云)小生这一个性命,都在小娘子身上。(红唱)禁不得你甜话儿热趱[48],好着我两下里做人难。

(红云)我没来由分说!小姐回与你的书,你自看者。(末接科,开读科,云)呀,有这场喜事!撮土焚香,三拜礼毕。早知小姐简至,理合远接,接待不及,勿令见罪!小娘子,和你也欢喜。(红云)怎么?(末云)小姐骂我都是假。书中之意,着我今夜花园里来,和他"哩也波,哩也罗[49]"哩。(红云)你读我听。(末云)是四句诗:待月西厢下,迎风户半开。隔墙花影动,疑是玉人来。(红云)怎见得他着你来?你解与我听咱。(末云)"待月西厢下",着我月上来。"迎风户半开",他开门待我。"隔墙花影动,疑是玉人来",着我跳过墙来。(红笑云)他着你跳过墙来,你做下来[50]。端的有此说么?(末云)俺是个猜诗谜的社家,风流隋何,浪子陆贾[51],我那里有差的勾当。(红云)你看我姐姐,在我行也使这般道儿。(唱)

【耍孩儿】几曾见寄书的颠倒瞒着鱼雁[52],小则小心肠儿转关。写着道"西厢待月"等得更阑,着你跳东墙"女"字边"干"[53]。原来那诗句儿里包笼着三更枣,简帖儿里埋伏着九里山[54]。他着紧处将人慢[55],您会云雨闹中取静,我寄音书忙里偷闲。

【四煞】纸光明玉板,字香喷麝兰,行儿边湮透非春汗[56]。一缄情泪红犹湿,满纸春愁墨未干。从今后休疑难,放心波玉堂学士,稳情取金雀鸦鬟[57]。

【三煞】他人行别样的亲,俺跟前取次看,更做道孟光接了梁鸿案[58]。别人行甜言美语三冬暖,我跟前恶语伤人六月寒。我为头儿看:看你个离魂倩女,怎发付掷果潘安[59]。

(末云)小生读书人,怎跳得那花园过?(红唱)

【二煞】隔墙花又低,迎风户半拴,偷香手段今番按[60]。怕墙高怎把龙门跳,嫌花密难将仙桂攀[61]。放心去,休辞惮。(云)你若

不去呵,(唱)<u>望穿他盈盈秋水,蹙损他淡淡春山</u>[62]。

　　(末云)小生曾到那花园里,已经两遭,不见那好处;这一遭知他又怎么?

　　(红云)如今不比往常。(唱)

【煞尾】你虽是去了两遭,我敢道不如这番。你那隔墙酬和都胡侃,证果的是今番这一简[63]。(红下)

　　(末云)万事自有分定,谁想小姐有此一场好处。小生是猜诗谜的社家,风流隋何,浪子陆贾,到那里扢扎帮[64]便倒地。今日颓[65]天百般的难得晚。天!你有万物于人,何故争此一日?疾下去波!"读书继晷[66]怕黄昏,不觉西沉强掩门。欲赴海棠花下约,太阳何苦又生根?"(看天云)呀,才晌午也!再等一等。(又看科)今日万般的难得下去也呵。碧天万里无云,空劳倦客身心,恨杀鲁阳贪战[67],不教红日西沉!呀,却早倒西也,再等一等咱。无端三足乌[68],团团光烁烁。安得后羿[69]弓,射此一轮落!谢天地,却早日下去也!……呀,却早发擂[70]也!……呀,却早撞钟也!拽上书房门,到得那里,手挽着垂杨滴流扑[71]跳过墙去。(下)

【题解】

　　《西厢记》(全名《崔莺莺待月西厢记》)是一部五本二十一折的大型戏曲。它描写书生张珙和相国小姐崔莺莺在侍女红娘的帮助下,由有情人终成眷属的故事。其细腻、优美与生动的程度,为出现在它之前以及同时的恋爱故事所远远不及。其影响之深,流传之广,成就之高,也是后代爱情题材戏曲中少有匹敌的。它是我国文学史上一部第一流的作品。

　　崔张的爱情故事,是在多重矛盾中展开的。本折所表现的,是莺莺、红娘、张生三者之间的矛盾以及他们各自的矛盾心理。红娘是莺莺的随身丫环,同时又兼有给老夫人打"小报告"的任务。莺莺既要提防她泄露自己爱慕张生的心思,又要靠她给张生传书送简,因此不得不作出许多"假意儿"来遮掩、试探。红娘一心想促成崔张的爱情,却也畏惧老夫人的严惩,偏偏还要承受不被莺莺信任的委屈,本折将她"两下里做人难"的处境、心境刻画得淋漓尽致。至于张生,看上去憨气痴情,却也在寥寥数行中显示出"呆里撒奸"的一面。这样,三个正面人物都不是一味理想化的,而是真实可信,富有典型意义的。

　　崔张故事原本出于唐人传奇小说《莺莺传》,金代董解元将它改编为《西厢记诸宫调》。本剧是在此基础上进行的更上一层楼的加工改造。

本折据《中国戏曲选》移录。

【作者简介】

王实甫,名德信,大都人,约与关汉卿同时。生平不详;一说早年曾身登仕途,但颇不得意,后退居田园。他是元代最擅长描写爱情的戏曲作家。共写杂剧十七种,现存三种。

【注释】

〔1〕偌早晚:这时候。敢:恐怕;待:将要、打算。敢待:大概要、就要。

〔2〕双环:门环。

〔3〕绛(jiàng 降)台:插红蜡烛的烛台。金荷:烛台上承烛泪的铜盘,形似荷叶。银釭(gāng 刚):灯,这里指烛光。

〔4〕比及:尚未到,在……之前。梅红罗:紫红色的绫罗。

〔5〕軃(duǒ 朵):下垂。

〔6〕畅好是:实在是,真正是。

〔7〕待便:打算立即。

〔8〕"旦做对镜科"二句:莺莺对镜本是准备梳妆,见了张生书简,忘了掩镜就看起来。红娘从镜里远远地看见她的"开拆封皮孜孜看",正在满心欢喜,不想莺莺这时也从镜里发现了红娘的暗中窥视,双方就"决撒"了。这些地方见出当时舞台调度所达到的水平。

〔9〕軃:这里音坦(tǎn),入干寒韵。

〔10〕孜孜:注视的样子。

〔11〕做意:做出警觉、注意的样子。

〔12〕决撒:败露,坏了事。

〔13〕"厌的早扢皱了黛眉"三句:厌的,厌恶的样子。扢(gē 割)皱,即疙皱,这里指皱眉。氲(yūn 晕)的:脸上起了红晕。

〔14〕过犯:过错,不对。

〔15〕使别人颠倒恶心烦:倒反使别人懊恼。别人,指红娘自己。

〔16〕比及:在此意为与其。行(háng 杭):那里。出首:告发。

〔17〕晓夜:白天黑夜。

〔18〕清旦:清晨。

〔19〕不济:不管用。

〔20〕调犯：嘲笑讽刺。

〔21〕撺断得上竿，掇了梯儿看：当时成语，意谓哄别人上了高竿，却拿开了梯儿在旁边寻开心。撺（cuān窜第一声）断：怂恿。掇（duō多）：搬走。

〔22〕描笔：描绘花样子的笔。

〔23〕有说话：因为有干系而被质问，有麻烦。

〔24〕小孩儿家：指莺莺。口没遮拦：嘴上没个把门的。一迷的：一味地，一个劲地。

〔25〕把似：假如。把似……休……：是元代语法的"取舍复句"，类似现代汉语中"与其……不如……"的句式。

〔26〕阑干：纵横的样子。此三句用李煜〔浪淘沙〕及白居易《长恨歌》句。

〔27〕辰勾：即水星，古人认为它很不容易看见。我将这角门儿世不曾牢拴：这是红娘的表白，意思是说自己从来就方便你们。角门儿：房门。世不曾：从来不曾。

〔28〕"你向这筵席头上整扮"二句：意思是你放心和张生成就婚姻，我不会走漏风声。筵席：这里指结婚筵席。整扮：打扮齐整。撮合山：媒人。

〔29〕"当日个晚妆楼上杏花残"三句：意思是说莺莺身子娇怯，从前春暖的时候在楼上还嫌衣薄，但那晚却不怕春寒，在夜露中一心听琴。杏花残：指春末夏初。

〔30〕几乎险被先生馔（zhuàn赚）：《论语·为政篇》："有酒食，先生馔。"原指有酒食，供奉年长的人吃喝，但元曲运用这话时一般带有调笑性质。这里意思是说莺莺几乎被张生吞卜去了。

〔31〕胡颜：丢脸。

〔32〕不酸不醋：即酸醋。风魔汉：发疯着魔似的汉子。望夫山：相传为妻子登山望夫所化。

〔33〕拨雨撩云：即挑逗爱情。古代诗词里常称男女欢会为云雨，参见本剧注〔40〕。

〔34〕受艾焙：艾焙，针灸术之一，用艾烧灸病人。这里比喻吃了苦头。奸：指莺莺的耍奸使诈。

〔35〕符篆（lù录）：符咒。

〔36〕命悭（qiān千）：命运不好。悭：欠缺，不美满。

〔37〕招状：供词。勾头：逮捕人的拘票。

〔38〕觑（qù去）：看。厮：相。顾盼：这里是照顾、留情的意思。担饶：担待，宽恕。

〔39〕你娘：红娘自指。拖犯：连累。

〔40〕"凤去秦楼"二句：传说中萧史与秦穆公的女儿弄玉相恋，后乘凤凰飞去；在巫山与楚襄王欢会的神女朝为行云，暮作行雨。秦楼上没有凤凰，巫山没有行云，都是比喻婚事无成。

〔41〕趱（shàn善）：走开。讪（shàn善）：埋怨。阑：残。

〔42〕分剖：辩解，诉说。

〔43〕呆里撒奸：外作痴呆，内怀奸诈。

〔44〕摩挲（suō缩）：用手抚摩。

〔45〕"直待我挂着拐帮闲钻懒"二句：意思是简直要我被老夫人打得腿跛嘴破，还为你们的爱情奔走传递消息。帮闲钻懒：管别人的闲事，与"送暖偷寒"俱指男女传情。

〔46〕撮盐入火：盐入火即爆，比喻性情急躁。

〔47〕消息儿踏着泛：比喻触到小姐的隐处。消息儿：机关、暗窍。泛：泛子，是机关的枢纽。

〔48〕趱（zǎn赞第三声）：催促。热趱：紧紧地催促。

〔49〕哩也波，哩也罗：不便说出的话，有音无义，犹如现在说"如此如此"、"那个那个"之类。

〔50〕做下来：干下了，暗指男女欢会。

〔51〕社家：即行家。隋何、陆贾都是汉高祖刘邦手下的谋士。

〔52〕鱼雁：古代传说有鱼腹藏书、雁足传信。这里鱼雁指传递书信的人。

〔53〕"女"字边"干"（第一声）：即"奸"字。

〔54〕三更枣：据说佛家禅宗五祖给六祖传法时，交他粳米三颗，枣子一枚，六祖便知道是叫他在三"更"时"早"些来。九里山：传说韩信在九里山设下十面埋伏，把项羽打败了。

〔55〕慢：轻慢，有欺骗、不信任的意思。

〔56〕玉板：一种光洁匀厚的白棉纸，宜于书画。湮（yīn因）：本指墨在纸上浸润扩散，这里把墨的湮，联想为汗的湮。

〔57〕疑难：犹豫畏难。玉堂学士：翰林学士，皇帝的文学侍从。这是红娘取笑张生的话，当时张生还未中举。稳情：包管、准定。金雀鸦鬟：指莺莺。唐李绅《莺莺歌》有句云："金雀鸦鬟年十七。"金雀：金雀钗。

〔58〕取次：随便，等闲。更做道：相当于"甚至于"。孟光接了梁鸿案："举案齐眉"本是孟光的动作，现在孟光反接了梁鸿献上的案。这是取笑莺莺主动约会张生。

〔59〕为头儿看：从头看，从此看着你。离魂倩女：用唐人陈玄祐《离魂记》的故事。唐代张镒把女儿倩娘许给王宙，后来张镒悔婚，倩娘的魂魄竟然离家跟着王宙去了。掷果潘安：传说晋代潘岳长得很漂亮，每次坐车上街都有许多女子把果子扔给他。

〔60〕按：审定，检验。

〔61〕龙门跳：传说黄河里的鲤鱼跳过龙门就能变成龙。仙桂攀：攀折月宫的仙桂。科举时代把跳龙门、攀仙桂比喻为读书人登第。

〔62〕秋水、春山：在古典诗词中往往以秋水比喻眼睛，春山比喻眉毛。

〔63〕胡侃：胡调。侃：调笑的意思。证果：佛教称修炼成功为证果。这里引申为好事成就。

〔64〕扢扎帮：形容动作快捷。

〔65〕颓：粗野的话，原指男性生殖器。

〔66〕读书继晷（guǐ鬼）：努力读书。晷：日影，引申为时光；继晷：表示爱惜光阴。

〔67〕鲁阳贪战：传说鲁阳公与韩国人酣战到日暮，鲁阳公举戈一挥，太阳便倒回九十里。

〔68〕三足乌：太阳。传说太阳中有三只脚的金色乌鸦。

〔69〕后羿（yì艺）：传说是远古时代的一个射箭能手，那时天上有十个太阳，晒得人畜不安，草木枯焦，后羿便把九个太阳射掉。

〔70〕发擂：打鼓起更。

〔71〕滴流扑：物件落地的声音。

李 逵 负 荆

康进之

第一折 酒 店

（冲末扮宋江，同外扮吴学究，净扮鲁智深[1]，领卒子上。宋江诗云）涧水潺潺绕寨门，野花斜插渗青巾[2]。杏黄旗上七个字：替天行道救生民。某，姓宋名江，字公明，绰号顺天呼保义[3]者是也。曾为郓州郓城县把笔司吏[4]，因带酒杀了阎婆惜[5]，迭配江州牢城。路经这梁山过，遇见晁盖哥哥，救某上山。后哥哥三打祝家庄[6]身亡，众兄弟推某为首领。某聚三十六大伙，七十二小伙，半垓来[7]的小偻儸，威镇山东，令行河北。某喜的是两个节令：清明三月三，重阳九月九。如今遇这清明三月三，放众弟兄下山，上坟祭扫。三日已了，都要上山，若违令者，必当斩首。（诗云）俺威令谁人不怕，只放你三日严假。若违了半个时辰，上山来决无干罢[8]。（下）（老王林上）（云）曲律竿头悬草荐[9]，绿杨影里拨琵琶。高阳公子[10]休空过，不比寻常卖酒家。老汉姓王名林，在这杏花庄居住，开着一个小酒务儿[11]，做些生意。嫡亲的三口儿家属：婆婆[12]早年亡化过了，只有一个女孩儿，年长十八岁，唤做满堂娇，未曾许聘他人。俺这里靠着这梁山较近，但是山上头领，都在俺家买酒吃。今日烧的旋锅儿[13]热着，看有什么人来。（净扮宋刚，丑[14]扮鲁智恩上）（宋刚云）柴又不贵，米又不贵。两个油嘴，正是一对。某乃宋刚，这个兄弟叫做鲁智恩。俺与这梁山泊较近，俺两个则是假名托姓，我便认做宋江，兄弟便认做鲁智深。来到这杏花庄老王林家，买一钟酒吃。（见王林科，云）老王林，有酒么？（王林云）哥哥，有酒有酒，家里请坐。（宋刚云）打五百长钱[15]酒来。老王林，你认得我两人么？（王林云）我老汉眼花，不认的哥哥们。（宋刚云）俺便是宋江，这个兄弟便是鲁智深。俺那山上头领，多有来你这里打搅，若有欺负你的，你上梁山来告我，我与你做主。（王林云）你山上头

领，都是替天行道的好汉，并没有这事。只是老汉不认的太仆[16]，休怪休怪。早知太仆来到，只合远接；接待不及，勿令见罪。老汉在这里，多亏了头领哥哥照顾老汉。(做递酒科，云)太仆，请满饮此杯。(宋刚饮科)(王林云)再将酒来。(鲁智恩饮酒科，云)哥哥，好酒。(宋刚云)老王，你家里还有什么人？(王林云)老汉家中并无甚么人，有个女孩儿，唤做满堂娇，年长一十八岁，未曾许聘他人。老汉别无甚么孝顺，着孩儿出来，与太仆递钟酒儿，也表老汉一点心。(宋刚云)既是闺女，不要他出来罢。(鲁智恩云)哥哥怕什么？着他出来。(王林云)满堂娇孩儿，你出来。(旦儿扮满堂娇，云)父亲唤我做什么？(王林云)孩儿，你不知道，如今有梁山上宋公明，亲身在此，你出来递他一钟儿酒。(旦儿云)父亲，则怕不中么？(王林云)不妨事。(旦儿做见科)(宋刚云)我一生怕闻脂粉气，靠后些！(王林云)孩儿，与二位太仆递一钟儿酒。(旦做递酒科)(宋刚云)我也递老王一钟酒。(做与王林酒科)(宋刚云)你这老人家，这衣服怎么破了？把我这红绢褡膊[17]与你补这破处。(老王林接衣科)(鲁智恩云)你还不知道，才此这杯酒是肯酒，这褡膊是红定[18]，把你这女孩儿与俺宋公明哥哥做压寨夫人[19]。只借你女孩儿去三日，第四日便送来还你。俺回山去也。(领旦下)(王林云)老汉眼睛一对，臂膊一双，只看着这个女孩儿，似这般可怎么了也！(做哭科)(正末扮李逵做带醉上，云)吃酒不醉，不如醒也。俺，梁山泊上山儿李逵的便是。人见我生得黑，起个绰号，叫俺做黑旋风。奉宋公明哥哥将令，放俺三日假限，踏青[20]赏玩。不免下山，去老王林家，再买几壶酒，吃个烂醉也呵。(唱)

【仙吕点绛唇】饮兴难酬，醉魂依旧。寻村酒，恰问罢王留，(云)俺问王留[21]道，那里有酒？那厮不说便走，俺喝道，走那里去？被俺赶上，一把揪住张口毛[22]，恰待要打，那王留道，休打休打，爹爹，有。(唱)王留道，兀那里人家有。

【混江龙】可正是清明时候，却言"风雨替花愁"[23]。和风渐起，暮雨初收。俺则见杨柳半藏沽酒市，桃花深映钓鱼舟。更和这碧粼粼春水波纹绉，有往来社燕[24]，远近沙鸥。

（云）人道我梁山泊无有景致，俺打那厮的嘴！（唱）

【醉中天】俺这里雾锁着青山秀，烟罩定绿杨洲。（云）那桃树上一个黄莺儿，将那桃花瓣儿唅^[25]啊唅，唅的唅下来，落在水中，是好看也。我曾听的谁说来，我试想咱：哦！想起来了也，俺学究哥哥道来。（唱）他道是"轻薄桃花逐水流"^[26]。（云）俺绰起^[27]这桃花瓣儿来，我试看咱。好红红的桃花瓣儿！（做笑科，云）你看我好黑指头也！（唱）恰便是粉衬的这胭脂透。（云）可惜了你这瓣儿，俺放你趁那一般的瓣儿去。我与你赶，与你赶，贪赶桃花瓣儿，（唱）早来到这草桥店垂杨的渡口。（云）不中，则怕误了俺哥哥的将令，我索回去也。（唱）待不吃呵，又被这酒旗儿将我来相迤逗^[28]。他他他，舞东风在曲律竿头。

（云）兀那王林，有酒么？不则这般白吃你的，与你一抄^[29]碎金子，与你做酒钱。（王林做揣科^[30]，云）要他那碎金子做什么？（正末笑科，云）他口里说不要，可揣在怀里。老王，将酒来。（王林云）有酒，有酒。（做筛酒科）（正末云）我吃这酒在肚里，则是翻也翻的；不吃，更待干罢^[31]。（唱）

【油葫芦】往常时"酒债寻常行处有"^[32]，十次着九。（带云）老王也，（唱）则你这杏花庄压尽他谢家楼^[33]。你与我便熟油般造下春醅酒，你与我花羔般煮下肥羊肉。一壁厢肉又熟，一壁厢酒正笃^[34]，抵多少锦封未拆香先透^[35]，我则待乘兴饮两三瓯。

【天下乐】可正是一盏能消万种愁。（云）老王也，咱吃了这酒呵，（唱）把烦恼都也波丢^[36]，都丢在脑背后，这些时吃一个没了休。（带云）我醉了呵，（唱）遮莫^[37]我倒在路边，遮莫我卧在瓮头。（做吐科，云）老王咪，（唱）直醉的来在这搭里呕。

（云）老王，这酒寒，快旋热酒来。（王林云）老汉知道。（做换酒科，哭云）我那满堂娇儿也！（正末云）快酾^[38]热酒来。（王林又哭云）我那满堂娇儿也！（正末云）老王，我不曾与你酒钱来？你怎么这般烦恼？（王林云）哥哥，不干你事，我自有撇不下的烦恼哩，你则吃酒。（正末唱）

【赏花时】咱两个每日尊前语话投，今日呵，为什么将咱伴不瞅？

（王林云）你不知道，我自嫁我的女孩儿，为此着恼。（正末唱）哎！你个呆老子，畅好是忒拗搜[39]。（云）比似[40]你这般烦恼，休嫁他不的。（王林哭科，云）哎哟！我那满堂娇儿也！（正末唱）你何不养着他，到苍颜皓首？（云）你晓得世上有三不留么？（王林云）哥，是那三不留？（正末云）蚕老不留，人老不留，（唱）呆老子，常言道：女大不中留。

（云）我问你，那女孩儿嫁了个甚么人？（王林云）哥，我那女孩儿嫁人，我怎么烦恼？则是悔气，被一个贼汉夺将去了。（正末做打科，云）你道是贼汉，是我夺了你女孩儿来？（唱）

【金盏儿】我这里猛睁眸，他那里巧舌头，是非只为多开口[41]。但半星儿虚谬，恼翻我，怎干休？一把火将你那草团瓢[42]烧成为腐炭，盛酒瓮摔做碎瓷瓯。（带云）绰起俺两把板斧来，（唱）砍折你那蟠根桑枣树，活杀你那阔角水黄牛。

（云）兀那老王，你说的是，万事皆休；说的不是，我不道的[43]饶你哩。（王林云）太仆停嗔息怒，听老汉慢慢的说与你听。有两个人来吃酒，他说：我一个是宋江，一个是鲁智深。老汉便道：正是梁山泊上太仆，我无甚孝顺，我只一个十八岁女孩儿，叫做满堂娇，着他拜见，与太仆递一杯儿酒，也表老汉的一点心。我叫出我那女孩儿来，与那宋江、鲁智深递了三杯酒，那宋江也回递了我三钟酒，他又把红裹肚揣在我怀里。那鲁智深说：这三钟酒是肯酒，这红裹肚是红定。俺宋江哥哥有一百八个头领，单只少一个人哩。你将这十八岁的满堂娇，与俺哥哥做个压寨夫人，则今日好日辰，俺两个便上梁山泊去也。许我三日之后，便送女孩儿来家。他两个说罢，就将女孩儿领去了。老汉偌大年纪，眼睛一对，臂膊一双，则觑着我那女孩儿。他平白地把我女孩儿强抢将去，哥，教我怎么不烦恼？（正末云）有什么见证？（王林云）有红绢裹肚，便是见证。（正末云）我待不信来，那个士大夫有这东西？老王，你做下一瓮好酒，宰下一个好牛犊儿，只等三日之后，我轻轻的把着手儿，送将你那满堂娇儿来家，你意下如何？（王林云）哥，你若送将我那女孩儿来家，老汉莫要说一瓮酒，一个牛犊儿，便杀身也报答大恩不尽。（正末唱）

【赚煞】管着你目下见仇人，则不要口似无梁斗[44]，一句句言如劈竹。（带云）宋江咻，（唱）不争你这一度风流，倒出了一度丑。誓今番泼水难收。到那里问缘由，怎敢便信口胡哈[45]？则要你肚囊里揣着状本[46]熟。不要你将无来作有，则要你依前来依后[47]。（云）我如今回去，见俺宋公明，数说他这罪过，就着他辞了三十六大伙，七十二小伙，半垓来小偻啰，同着鲁智深，一径离了山寨，到你庄上。那时节，我若叫你出来，你可休似乌龟一般缩了头，再也不肯出来。（王林云）老汉若不见他，万事休论；我若见了他，我认的他两个，恨不得咬掉他一块肉来，我怎么肯不出见他？（正末云）老王，兀的不是俺宋江哥哥？他道没也。老儿，俺斗你要哩。（唱）你可也休翻做了镴枪头[48]。（下）

> （王林云）李逵哥哥去了，我也收拾过铺面，专等三日之后，送满堂娇孩儿来家。满堂娇孩儿，则被你痛杀我也！（下）

【题解】

在施耐庵的《水浒传》中，李逵的形象不像宋江、林冲、武松等人那么丰富，但在这部小说定型之前的元杂剧里，李逵却是被写得最多、最受人喜爱的英雄人物。而本剧便是其中出色的一种。

《李逵负荆》写的是一个酒店店主的女儿被两个冒充宋江、鲁智深的歹徒抢走，李逵听说后，向宋、鲁问罪，经过当面对证，真相大白，李逵于是负荆向宋、鲁请罪，并亲手严惩了歹徒。

这里选的第一折就情节而言仅仅交待了冲突的缘起，李逵的性格尚未在冲突中充分展开，但这个英雄的日常举止却得到了生动的表现。傻憨中透着妩媚，粗莽中带着细致，那股天真调皮劲，那份至爱至恨情，无不显示出这位民间英雄的素质秉性。在这个意义上，可以说本剧的成就与《水浒传》各有千秋。

另外，本折在表现酒店店主王林的心理以及他与梁山泊的关系方面，也是细致成功的。

本出据《元杂剧选注》（王季思等选注）移录。

【作者简介】

康进之,棣州(今山东省惠民县)人。元代前期杂剧作家,生平不详。另著有《黑旋风老收心》,已佚。

【注释】

〔1〕冲末、外、净俱为戏曲脚色名称。冲末:剧中最先登场的男性角色。外:外末的简称,正末以外的次要角色。净:略同大花脸。吴学究:即后来《水浒传》里的智多星吴用,是梁山泊的军师。

〔2〕渗青:疑是当时的颜色名。

〔3〕呼保义:保义,是宋元时期善于奔走办事的人物的称号,加呼字似有呼之即来的用意。

〔4〕郓(yùn运)城县:在今山东。把笔司吏:文案司吏的俗称,是掌管文书的吏员。

〔5〕因带酒杀了阎婆惜:详见《水浒传》第四十二回。

〔6〕三打祝家庄:详见《水浒传》第四十六至四十九回。

〔7〕半垓:极言数目之多。古代十兆为一经,十经为一垓。

〔8〕干罢:干休。

〔9〕曲律:弯曲的样子。草稕(zhùn准第四声):用禾草束成的草圈,是乡村小酒店的标志。

〔10〕高阳公子:好酒者的代称。汉高祖刘邦起兵时,高阳人郦食其求见他,刘邦说他是儒生,不肯接见。郦食其大叫:"我是高阳酒徒,不是儒生。"刘邦便立刻接见他。后来便把"高阳公子"作为好酒者的代称。

〔11〕小酒务儿:小酒店。宋代设有酒务官来管理酒这种专卖品,故称酒店为酒务儿。

〔12〕婆婆:此处指老婆。

〔13〕旋锅儿:烫酒的锅子,锅里有螺旋形的铜管。

〔14〕丑:戏曲角色名,略同于小花脸。

〔15〕长钱:古时有长钱或短钱,用八十个钱当作一百的叫短钱,足够一百个的叫做长钱。

〔16〕太仆:古代官名,后为人们对绿林好汉的敬称。

〔17〕褡(dā搭)膊:系在腰上的宽带,里面可放钱物一类东西。

〔18〕肯酒:订婚酒,喝肯酒是宋元时定婚的一种仪式。红定:宋元时定婚的礼物,多用红色的布匹或绸缎。

〔19〕压寨夫人:古代强盗称其首领的夫人为压寨夫人,大约取管束山寨之意。

〔20〕踏青:指春天郊游。

〔21〕王留：元剧里对乡下佬的通称。

〔22〕张口毛：指胡子。

〔23〕"风雨替花愁"：语自金代赵秉文的〔青杏儿〕。

〔24〕社燕：即燕子。

〔25〕唝（dàn淡）：啄。

〔26〕轻薄桃花逐水流：杜甫诗句，此处是借用。

〔27〕绰（chāo超）起：抓起。下文"绰起俺两把板斧来"，意同。

〔28〕迤（yí姨）逗：即拖逗、勾引意。

〔29〕一抄：在此等于一撮。

〔30〕揣：放进衣袋里。

〔31〕更（gèn）待干（gān甘）罢：岂肯甘心罢休。

〔32〕酒债寻常行处有：杜甫诗句。寻常行处，意即平常去处。

〔33〕谢家楼：唐代张九龄诗："谢公楼上好醇酒，二百青蚨买一斗。"后用谢家楼作为有名酒楼的代称。

〔34〕筥（chōu抽）：漉酒的竹器，这里作动词用。

〔35〕锦封未拆香先透：当时成语，形容酒味透过了酒坛的盖子，香极了。

〔36〕都也波丢：都丢。加"也波"二字，是〔天下乐〕曲子的一种腔格，无义。

〔37〕遮莫：尽管，纵使。

〔38〕酾（shī师）：斟（酒）或滤（酒）。

〔39〕忒（tuī推）：太。揫（chōu抽）搜：呆板。

〔40〕比似：与其。

〔41〕是非只为多开口：当时成语，下句是"烦恼皆因强出头"。

〔42〕团瓢：草房。

〔43〕不道的：岂肯。

〔44〕斗：古代量具，上有提梁作持拿用。口似无梁斗：意为说话无凭据。

〔45〕胡唝：即胡讪，胡说。

〔46〕状本：告状的本子。

〔47〕依前来依后：即前后说话一致。

〔48〕镴（là辣）：铅与锡的合金，与银相似。镴枪头：形容中看不中用。

赚 蒯 通

无名氏

第四折 庭 辩

(萧相同樊哙领祗侯[1]上)(萧相云)小官萧何是也。自从随何去赚蒯文
通[2],不想此人是假装的风魔。闻知随何同他来了,只等此人来,设下油
镬,将此人烹了,永除后患。樊将军,俺汉朝大臣,还有那几位未来哩?
(樊哙云)丞相,有平阳侯曹参,安国侯王陵[3],尚未见来。(萧相云)既然
他二位未来,令人[4],与我请将曹参、王陵来者。(祗侯云)理会的。(外
扮曹参、王陵上)(曹参诗云)一心坚意只扶刘,太平天子富春秋[5]。只因
汗马功劳大,封做平阳万户侯。小官曹参,乃沛县人也。这位将军,是安
国侯王陵,与小官自幼同里,后来同辅汉天子,拜将封侯。有萧丞相将韩
信赚来斩了,今在相府聚俺众官,商议其事。令人,报复去,道有曹参、王
陵来了也。(祗侯云)报的丞相爷得知,有曹参、王陵在于门首。(萧相云)
道有请。(见科)(曹参云)丞相,今日聚俺众官,为着何事?(萧相云)列
位大人不知,那韩信已经赚的来,将他斩了;尚有辩士蒯文通,在他麾下。
此人与韩信是一个人相好的[6]。若不取他来一并杀坏了,久后必然为患。
今差随何赚的蒯文通到此,这是剪草除根,为国家万全之虑,须不是老夫
故意的要残害忠良。列位大人以为如何?(众云)老丞相见的是。(萧相
云)令人,与我唤将随何来者。(祗侯云)理会的。(随何上,云)小官随
何是也。自从见了蒯文通,谁想此人是假风魔,被我赚的他来了。丞相
呼唤,须索走一遭去。令人,报复去,道有随何来了也。(祗侯云)报的丞
相爷得知,有随何来了也。(萧相云)道有请。(祗侯云)请进。(见科)(随
何云)丞相,小官赚的蒯彻来了也。(萧相云)令人,与我将蒯彻揣近前来。
(祗侯云)理会的。(正末〈蒯彻〉云)小官蒯彻,今日到来,眼见的无那活
的人也呵。(唱)

【双调新水令】我想那辞朝归去汉张良[7]，早赚的个韩元帅一时身丧。苦也波[8]，擎天白玉柱；痛也波，架海紫金梁。那些个展土开疆，生扭做[9]歹勾当。

（云）令人，报复去，道有蒯彻在于门首。（祗侯报科，云）有蒯彻在于门首。（萧相云）着他过来。（祗侯云）着过去。（见科）（正末假意跳油镬科）（萧相云）住，住，住！蒯文通，你为何不言不语，便往油镬中跳去，这等不怕死那？（樊哙云）此人不可问他；若问呵，必然要下说词[10]也。（正末云）自知蒯彻有罪，岂望生乎！（萧相云）当初韩信是你教唆他来？（正末云）是蒯彻教唆他来。（萧相云）现有汉天子在上，你不肯辅佐，倒去顺那韩信。（正末云）丞相，你岂不知桀犬吠尧，尧非不仁，犬固吠非其主也[11]。当那一日，我蒯彻则知有韩信，不知有什么汉天子。吾受韩信衣食，岂不要知恩报恩乎？（萧相云）想韩信才定三齐，便请做假王以镇之[12]，这明明有反叛之意，理当斩首。（正末云）嗨，丞相说那里话，我想汉天子所以得天下，是靠着谁来？运筹决策，多赖张良；战胜攻取，多赖俺韩元帅。如今闲的闲了，斩的斩了，岂不理当。（唱）

【驻马听】那张良治国安邦，扶的汉主登基霸主亡。韩信他驱兵领将，直会的真龙出世假龙藏[13]。杀得个满身鲜血卧沙场，才博的这一方金印来收掌。你你你，今日也理当，怕不做凤凰飞在梧桐上[14]。

（萧相云）想当初主公起兵汉中[15]，多亏了众位功臣，也不专靠那韩信一人之力。（正末云）我想楚汉争锋，鸿沟[16]为界，那时节俺韩元帅投楚则楚胜，投汉则汉胜。天下之势，决于一人。我因此屡屡劝韩元帅留下项王，决个鼎足三分之计，怎当他不信忠言，致令身遭白刃。屈死了盖世英雄，岂不可惜！丞相，只你当初也曾保举他来，成也是你，败也是你。我蒯彻做不得反面的人，惟有一死，可报韩元帅于地下。（做跳科）（萧相云）令人，且与我挡住者！（樊哙云）蒯文通，韩信说你搬调[17]他来。你正是个通同谋反的人，当得认罪。（萧相云）樊将军，你说的是。想他在韩信手下为辩士，正是他心腹之人，律法有云："一人造反，九族全诛。"何况他

是通同谋反的。今日便将他油锅烹了，也不为枉。（正末云）丞相，我想汉王在南郑[18]之时，雄兵骁将，莫知其数，然没一个能敌项王者。后来得了韩信，筑起三丈高台，拜他为帅[19]，杀得项王不渡乌江，自刎而死[20]。如今天下太平，更要韩信做什么？斩便斩了，不为妨害。且韩信负着十罪，丞相可也得知么？（樊哙云）你说屈杀了韩信，可又有十罪；休说十罪，则一桩罪过也就该死无葬身之地。（萧相云）蒯文通，既是韩信有十罪，你对着这众臣宰跟前，试说一遍咱。（正末云）一不合明修栈道，暗渡陈仓[21]；二不合击杀章邯等三秦王，取了关中之地[22]；三不合涉西河，虏魏王豹[23]；四不合渡井陉，杀陈余并赵王歇[24]；五不合擒夏悦，斩张仝[25]；六不合袭破齐历下军，击走田横[26]；七不合夜堰淮河，斩周兰龙且二大将[27]；八不合广武山小会垓[28]；九不合九里山十面埋伏[29]；十不合追项王阴陵道上[30]逼他乌江自刎。这的便是韩信十罪。（萧相叹介[31]，云）此十件乃是韩信之功，怎么倒是罪来？（正末云）丞相，韩信不只十罪，更有三愚。（萧相云）又有那三愚？（正末云）韩信收燕赵，破三齐，有精兵四十万，恁时[32]不反，如今乃反，是一愚也；汉王驾出城皋，韩信在修武[33]，统大将二百余员，雄兵八十万，恁时不反，如今乃反，是二愚也；韩信九里山前大会垓，兵权百万，皆归掌握，恁时不反，如今乃反，是三愚也。韩信负着十罪，又有此三愚，岂不自取其祸。今日油烹蒯彻，正所谓"兔死狐悲，芝焚蕙叹"[34]，请丞相自思之。（萧相同众悲科）（樊哙云）这一会儿连我也伤感起来了。（正末唱）

【乔牌儿】众公卿多感伤，诸文武尽悲怆，连那汉萧何泪滴在罗袍上，你正是死了也空念想。

【挂玉钩】想起那韩元帅葫芦提斩在法场，将功劳簿都做招伏状，恰便似，哑妇倾杯反受殃[35]。枉了这五年间把烟尘荡，才博的个三齐王，又不得终身享。哎，谁知你这宰相厅前，倒做了闹市云阳[36]。

（曹参云）嗨，丞相，想韩信立下如此功劳，也不当就将他杀坏了也。（萧相云）可知道韩信是屈死了的。但死者不能复生，我如今便要救他，事

已无及,如之奈何。(正末做笑科,唱)

【雁儿落】笑杀我蒯文通舌辩强,怎出的你萧丞相机谋广;要诛的便着刀下诛,要向[37]的便把心儿向。

【得胜令】呀,畅好是没算计的汉贤良,左使[38]着这一片狠心肠。早知道屈死了韩元帅,何不还留他楚霸王。图什么风光,待气昂昂端坐在中军帐。只不如守着农庄,倒也稳拍拍常为田舍郎[39]。

(萧相云)既然韩信死了也,众位将军到来日跟着小官入朝,同见圣人。备说因由,将韩信墓顶上封还原爵,就与蒯文通加官赐赏。(正末唱)

【沽美酒】兀的不是"狡兔死,走狗僵;高鸟尽,劲弓藏"[40]?也枉了你荐举他来这一场。把当日个筑台拜将,到今日又待要筑坟堂。

【太平令】便做有春秋祭飨[41],也济不得他九泉下魂魄凄凉。倒不如早将我油烹火葬,好和他死生厮傍。我可也不慌不忙,还含笑的就亡。呀!这便算做你加官赐赏。

(外扮黄门[42]引校尉捧冠带黄金上,云)小官黄门是也。因萧何暗地设计,斩了韩信,又要将蒯彻烹入九鼎油镬。圣人已知,着小官赦免蒯彻之罪。可早来到也。令人,报复去,有圣旨来了也。(祗侯云)报的丞相爷得知,有黄门官来了也。(萧相云)道有请。(进见科)(黄门云)您众位将军俱望阙跪者,听圣人的命。(诏云)朕提三尺起丰沛[43],不五年间尽取诸侯王,追杀项羽,奄有天下[44]。此非一人之能,皆韩信之力也。朕以谬听人言,将为叛逆,遂令未央钟室[45],冤血尚存,朕实愍[46]焉。兹特还其封爵,令有司立墓祭祀。蒯彻本以口舌从事,与武涉[47]同时。为主其心,吠尧何罪?甘赴鼎镬,视死如饴[48],诚壮士也。可免其死,仍授京兆一官[49],黄金千两。呜呼!生而有功,死犹图报;言如可用,罪且不遗。庶见我国家赏罚之公,无替朕命,故敕。(正末同众谢恩科)(唱)

【鸳鸯煞】若是汉天子早把书明降,韩元帅免受人诬罔[50]。可不的带砺河山,盟言无恙[51]。我蒯彻也装什么风魔,使什么伎俩。(还冠带科,唱)这冠带呵,添不得我荣光。(还黄金科,唱)这金呵,铸

不得他黄金像[52]。只要你个萧丞相自去思量,怎生的屈杀了十大功臣被万民讲。

(萧相云)蒯文通,这冠带黄金是圣人赐你的,你怎生还了我,道不得个[53]违宣抗敕么?(词云)只为那韩元帅辛苦功高,灭西楚扶立刘朝。首赐与三齐玉印,专征伐白钺黄旄[54]。萧丞相尽忠报主,防后患设计潜消,假巡游召还留守[55],云阳市屈陷餐刀。今日个备陈冤枉,悔罪了汉国臣僚。圣天子亦为心动,堪怜悯鸟尽弓弢[56]。想当初筑台拜将,忍教他死后无聊。墓顶上封还原爵,更春秋祭祀东郊。连蒯彻加官赐赏,总之是一体酬劳。显见得皇恩不滥,同瞻仰天日非遥[57]。

　　题目　萧何害功臣韩信
　　正名　随何赚风魔蒯通

【题解】

　　"狡兔死走狗僵,高鸟尽劲弓藏,敌国破谋臣亡"。汉初十几年,异姓功臣重将被杀者十之八九,此前此后,这类历史现象也屡见不鲜。本剧搬演的就是这样一出"不朽"的悲剧。

　　丞相萧何怕韩信功高震主,连累自己,诈称汉皇出游,宣韩信入朝留守。韩信的谋士蒯通晓以"太平不用旧将军"的道理,预言入朝必有杀身之祸。韩信却天真地相信自己有十大功劳,汉皇不会负义。结果不幸被蒯通言中。萧何为了剪草除根,又把为避祸装疯弄傻的蒯通捉来准备把他烹了。蒯通以跳镬动作先发制人,再以"十大罪"备述韩信之功,以"三愚"极陈韩信之忠,令萧何理屈词穷。当圣旨传来要给蒯通加官赐赏时,蒯通竟不买账,退还了冠带、黄金。

　　历史上蒯通曾面对汉高祖为自己辩解,终于获释。历史上还有栾布面对油镬历数被杀功臣彭越的功劳;有李斯在狱中上书陈述自己七大罪实为七大功;还有薄太后表面上骂周勃愚不可及,实际上为他辩谋反之诬。这些故事被巧妙地融化到蒯通身上,却如一气呵成,不露痕迹。本剧的成就不仅体现在人物、语言、情节等方面,更体现在结局的处理上。最后由皇帝赐婚赐官不仅仅是元剧也是中国古代戏剧常用的路数,它既使观众皆大欢喜,又拍了皇上的马屁。本剧写蒯通慨然拒赐,不肯将最高统治者轻易放过,既是现实中少有,也是舞台上罕见,发人深省。本剧是民间艺人与文人合作的产物,作者虽然没有留下名字,其见识、胆略、才华都是难能可贵,千古不朽的。

【注释】

〔1〕萧相:即萧何,早年追随刘邦起义,后任汉朝的开国宰相。樊哙(kuài快):屠狗出身,追随刘邦起义,后被封舞阳侯。祇侯:供使用的小吏。

〔2〕随何:刘邦手下的谋士,曾说服黥布背楚归汉,汉初任护军中尉。蒯(kuǎi快第三声)文通:原名蒯彻,楚汉争霸时有名的辩士,曾劝韩信背汉自立,韩信没有采纳他的意见。后韩信被吕后所杀,临死时叹说:"悔不听蒯彻之言,死于妇人之手。"史家为了避汉武帝刘彻的名字,写作蒯通。这里称蒯文通,如《昊天塔》称潘美为潘仁美一样,是通俗文学习用的手法。赚,诱骗。

〔3〕曹参:与萧何一道追随刘邦起义,封平阳侯。王陵:也是最早追随刘邦起义的功臣,封安国侯。

〔4〕令人:供使令之人。

〔5〕富春秋:年富力壮。春秋:年龄。

〔6〕与韩信是一个人相好的:形容与韩信的关系密切,像一个人那样不能分离。

〔7〕张良:刘邦的辅助者,封为留侯。本剧第一折以他为主角,写他眼看韩信这样的功臣尚要被加害,深受刺激,弃官归隐。

〔8〕也波:衬词,无意义。

〔9〕生扭做:硬扭做,此指被诬蔑。

〔10〕下说(shuì税)词:游说一通。

〔11〕"桀犬吠尧"三句:意指刘邦虽好,但自己既忠于韩信,自然要反对刘邦了。桀:夏朝的末代君主,相传是个暴君。尧:传说中上古的一个圣君。

〔12〕"韩信才定三齐"二句:根据《史记·淮阴侯列传》,韩信平定齐国后,使人上书汉王说:"齐国伪诈多变,反复不定,而且南面贴近项羽的楚地,不立一个假王来镇守,齐地是不会安定的,我愿暂立为假王。"

〔13〕直会:简直使得。真龙出世:指刘邦做了皇帝。假龙藏:指项羽被灭亡。

〔14〕怕不做凤凰飞在梧桐上:意指"是非自有公论",从当时的"凤凰飞上梧桐树,自有旁人说短长"的成语中来的。怕不做:岂不,难道不的意思。

〔15〕汉中:战国楚地,秦、汉置汉中郡,在今陕西汉中地区及湖北西北部之地。

〔16〕鸿沟:今河南贾鲁河,古时汴水一条支流,楚汉相争,曾以此为界而罢兵。

〔17〕搬调:挑拨。

〔18〕南郑:在汉中,刘邦被项羽封为汉王时,曾都南郑。

〔19〕"后来得了韩信"三句:《史记·淮阴侯列传》,萧何向刘邦推荐韩信,并建议用

隆重的礼节,"择良日,斋戒,设坛场具礼",拜韩信为大将,刘邦从之。

〔20〕"杀得项王不渡乌江"二句:《史记·项羽本纪》,项羽在垓下被刘邦的军队杀败,不肯东渡乌江,自刎而死。乌江:在安徽和县东北四十里,今名乌江浦。

〔21〕"明修栈道"二句:表面上派兵修筑褒中的栈道,却暗中从陈仓出关中。公元前二〇六年,刘邦接受韩信的意见,举兵东出陈仓,争夺关中。栈道:山险处用木架的行人道。陈仓在今陕西宝鸡西南。

〔22〕"击杀章邯等三秦王"二句:公元前二〇六年八月,韩信出兵击败三秦王,占领关中之地。三秦王:指项羽分封在关中的秦朝降将雍王章邯、塞王司马欣、翟王董翳。

〔23〕"涉西河"二句:公元前二〇七年八月,韩信出奇兵渡过黄河,偷袭魏都安邑,魏王豹慌忙出迎,被韩信俘虏,从而为汉平定了魏地。

〔24〕"渡井陉"二句:这是历史上有名的以寡胜众的战役之一。韩信率兵几万人,攻打驻扎在井陉口的赵王歇和成安君陈余。赵军共二十万人。韩信诈败,诱使赵军倾巢出来追赶,然后派两千轻骑兵偷袭赵营,赵军发现自己的营垒换上了汉兵的赤帜,惊慌失措,全军覆没,主将赵歇被俘,陈余被斩。

〔25〕"擒夏悦"二句:公元前二〇七年闰九月,韩信破代兵,在阏与(今山西省和顺县西南)活捉了代国的丞相夏悦。张仝:陈余的部将。

〔26〕"袭破齐历下军"二句:韩信领兵击齐,当时刘邦已派郦食其说服齐国投降,齐国撤除了防备汉军的部队和设施,韩信因而顺利地袭击了齐国历下的部队,很快打到齐国的临淄。历下:今山东济南市。田横:齐王田广的叔父,韩信灭齐后,田横入居海岛,那个岛后来叫田横岛。

〔27〕"夜堰淮河"二句:韩信破齐后,项羽派司马龙且率领二十万大军救齐。韩信夜里令士兵用沙囊堵塞了淮水的上游,等龙且军渡水时,放水灌龙且军,并乘势追杀,几乎俘虏了全部楚军士卒。

〔28〕广武山小会垓:刘邦得韩信兵与项羽在广武相持,后刘邦乘项羽率兵去外黄的机会,大破楚军,大司马咎、长史翳、塞王欣都在汜水上自杀。广武山:今河南省荥阳县东北,东连荥泽,西接成皋。因这次战役紧接着会师垓下之战,所以作者称为小会垓。垓下:在今安徽灵璧。韩信没有直接参加这次战役。

〔29〕九里山十面埋伏:见《西厢记》注〔54〕。

〔30〕阴陵道:在安徽,是项羽从垓下兵败逃往乌江所过的地方。

〔31〕叹介:介与科同。

〔32〕恁(rèn任)时:那时候。

〔33〕"汉王驾出城皋"二句:楚汉战争中,有一次刘邦从荥阳突围后,又被楚军包围在城皋。刘邦用计从城皋逃出,去修武投奔韩信、张耳,并趁韩信不防备,驰入他的军营,夺取了韩信、张耳的兵符。城皋,在今河南荥阳一带。修武,即今河南护嘉县之小修武。

〔34〕"兔死狐悲"二句：比喻因同类的死亡而感到悲伤。芝：灵芝草。蕙：一种香草。

〔35〕葫芦提：宋元时口语，意为糊涂，不辨是非。哑妇倾杯反受殃：当时成语，常和"耕牛为主遭鞭杖"并用。相传有哑妇受命送酒给主人，知道酒里有毒，故意跌了跤把酒倒了，结果反而受到主人的责罚。

〔36〕云阳：秦始皇时的行刑场，在咸阳附近。

〔37〕向：偏向。

〔38〕左使：错使。

〔39〕稳拍拍：安安稳稳。田舍郎：农民。

〔40〕"狡兔死"四句：语自春秋时范蠡《自齐遗文种书》。

〔41〕祭飨（xiǎng响）：用酒食祭祀。

〔42〕黄门：汉代给事内廷有黄门令，其中黄门诸官，都用宦官充当。

〔43〕三尺：指剑。丰、沛：刘邦开始起义的地方，在今江苏徐州一带。

〔44〕奄有天下：包有天下。奄：覆盖。

〔45〕未央钟室：吕后斩韩信于长乐宫钟室。汉都长安，未央宫在城西隅，长乐宫在城东隅，这里说未央钟室，是当时通俗文学的说法。

〔46〕愍（mǐn）：音义俱同悯。

〔47〕武涉：盱眙人，项羽曾派他说韩信与楚联合，三分天下。

〔48〕饴：糖浆。

〔49〕授京兆一官：命在京兆做官。京兆：本是汉代长安及其附近的地名。这时指京都。

〔50〕罔（wǎng网）：蒙蔽。

〔51〕可不的：岂不是。带砺河山，盟言无恙：汉代封爵功臣时，曾有这样的盟言，即使黄河变得狭如衣带，泰山变得小如砺石，封国也不会被取消。此二句意为：如果敕诏早些下来，"带砺河山"的盟言也不会遭到破坏。

〔52〕铸不得他黄金像：以黄金铸像，本是勾践因范蠡有功而铸的纪念像。这里说铸不得黄金像，意谓赐给自己的金子，并不能对韩信的被屈杀有什么补救。

〔53〕道不得个：岂不闻。

〔54〕钺（yuè月）：一种斧。旄（máo毛）：一种旗子，是古代主帅用以指挥官兵的。

〔55〕假巡游召还留守：参看本剧题解。《史记》中本有此事，但和这个情节不同。

〔56〕弢（tāo滔）：掩藏。

〔57〕同瞻仰天日非遥：天日是封建时代文人用以比喻皇帝的，全句是说不久就要一起见到皇帝。

琵 琶 记

高 明

第二十二出^[1] 琴诉荷池

（生〈蔡伯喈〉上，唱）

【一枝花】闲庭槐影转，深院荷香满。帘垂清昼永，怎消遣？十二栏杆，无事闲凭遍。闷来把湘簟展，梦到家山^[2]，又被翠竹敲风惊断。

〔南乡子〕翠竹影摇金，水殿帘栊映碧阴^[3]。人静昼长无外事，沉吟，碧酒金樽懒去斟。　幽恨苦相寻，离别经年没信音。寒暑相催人易老，关心，却把闲愁付玉琴。院子^[4]，将琴书过来。（末将琴书上）黄卷^[5]看来消白日，朱弦动处引清风。炎蒸不到珠帘下，人在瑶池阆苑^[6]中。相公，琴书在此。（生）院子，你与我唤那两个学童过来。（末叫介，净执扇、丑持香炉上）（净、丑唱）

【金钱花】自少承值^[7]书房，书房。快活其实难当，难当。只管打扇与烧香，荷亭畔，好乘凉，吃饱饭，上眠床。

（参见介，生）我在先得此材于爨下，斲成此琴，即名焦尾^[8]。自来此间，久不整理，今日当此清凉境界，试操一曲，以舒闷怀。你三人一个打扇，一个烧香，一个管文书，休得慢误。（众）领钧^[9]旨。（生操琴介，唱）

【懒画眉】强对南薰奏虞弦，只觉指下余音不似前，那些个流水共高山^[10]？呀，只见满眼风波恶，似离别当年怀水仙^[11]。

（净困掉扇介，末）告相公，打扇的坏了扇。（生）背起打十三^[12]。那厮不中用，只教他烧香。（末）领钧旨。（生唱）

【前腔】顿觉余音转愁烦，似寡鹄孤鸿和断猿，又如别凤乍离鸾。呀！只见杀声在弦中见，敢只是螳螂来捕蝉^[13]。

（丑困灭香介，净）告相公，烧香的灭了香。（生）背起打十三。那厮不中用，只教他管文书。（末）领钧旨。（生唱）

【前腔】 蓝田日暖玉生烟，似望帝春心托杜鹃[14]。好姻缘翻做恶姻缘，只怕眼底知音少，争得鸾胶续断弦[15]。

（末掉文书介，丑）告相公，管文书的乱了文书。（生）背起打十三。（贴〈牛小姐〉上，生）左右，夫人来也，且各回避。（众）正是：有福之人人服事，无福之人服事人。（末、丑、净下）（贴唱）

【满江红】 嫩绿池塘，梅雨歇，熏风乍转。瞥然见新凉华屋，已飞乳燕。簟展湘波纨扇冷，歌传金缕琼卮暖[16]。是炎蒸不到水亭中，珠帘卷。

（贴）相公原来在此操琴呵。（生）夫人，我当此清凉，聊托此以散闷怀。（贴）奴家久闻相公高于音乐，如何来到此间，丝竹之音，杳然绝响？斗胆请再操一曲，相公肯么？（生）夫人待要听琴，弹甚么曲好？我弹一曲《雉朝飞》[17]何如？（贴）这是无妻的曲，不好。（生）呀！说错了。如今弹一曲《孤鸾寡鹄》何如？（贴）两个夫妻正团圆，说什么孤寡！（生）不然弹一曲《昭君怨》何如？（贴）两个夫妻正和美，说甚么宫怨！相公，当此夏景，只弹一曲首《风入松》好。（生）这个却好。（弹介，贴）相公，你弹错了。（生）呀！倒弹出《思归引》来。待我再弹。（贴）相公，你又弹错了。（生）呀！又弹出个《别鹤怨》来。（贴）相公，你如何恁的会差，莫不是故意卖弄，欺侮奴家？（生）岂有此心，只是这弦不中用。（贴）这弦怎的不中用？（生）俺只弹得旧弦惯[18]，这是新弦，俺弹不惯。（贴）旧弦在那里？（生）旧弦撇下多时了。（贴）为甚撇了？（生）只为有了这新弦，便撇了那旧弦。（贴）相公何不撇了新弦，用那旧弦？（生）夫人，我心里岂不想那旧弦，只是新弦又撇不下。（贴）你新弦既撇不下，还思量那旧弦怎的？我想起来，只是你心不在焉，特地有许多说话。（生唱）

【桂枝香】 夫人，旧弦已断，新弦不惯；旧弦再上不能，待撇了新弦难拚[19]。我一弹再鼓，一弹再鼓，又被宫商错乱。（贴）相公，你敢是心变了么？（生唱）非干心变，这般好凉天，正是此曲才堪听，又

被风吹别调间[20]。（贴唱）

【前腔】相公，非弹不惯，只是你意慵心懒。既道是《寡鹄孤鸾》，又道是《昭君宫怨》，那更《思归别鹤》，无非愁叹。相公，我看你多敢是想着谁？（生）夫人，我不是想着甚么人。（贴唱）相公，有何难见，你既不然，我理会得了，你道是除了知音听，道我不是知音不与弹。

（生）夫人，那有此意？（贴）相公，这个也由你，毕竟你无心去弹他，何似教惜春和老姥姥安排酒过来，与你消遣何如？（生）我懒饮酒，待去睡也。（贴）相公休阻妾意。老姥姥，惜春，看酒来。（净、丑持酒上）（净唱）

【烧夜香】楼台倒影入池塘，绿树阴浓夏日长。（丑唱）一架荼蘼满院香[21]。（合）满院香，和你捧霞觞，纳晚凉，卷起珠帘，明月正上。

（贴）将酒过来。（唱）

【梁州序】新篁[22]池阁，槐阴庭院，日永红尘隔断。碧栏杆外，寒飞漱玉清泉。自觉香肌无暑，素质生风，小簟琅玕[23]展。昼长人困也，好清闲，忽被棋声惊昼眠。（合）金缕唱，碧筒劝，向冰山雪岫排佳宴[24]，清世界，几人见？（生唱）

【前腔】蔷薇帘箔[25]，荷花池馆，一阵风来香满。湘帘日永，香消宝篆沉烟[26]。谩有枕敲寒玉，扇动齐纨，怎遂黄香愿[27]？（作悲介，贴）相公，你为甚的下泪？（生唱）猛然心地热，透香汗，我欲向南窗一醉眠。（合前）（贴唱）

【前腔】向晚来雨过南轩，见池面红妆零乱。渐轻雷隐隐，雨收云散。只觉荷香十里，新月一钩，此景佳无限。兰汤初浴罢，晚妆残，深院黄昏懒去眠。（合前）（生唱）

【前腔】柳阴中忽噪新蝉，见流萤飞来庭院。听菱歌何处，画船归晚。只见玉绳[28]低度，朱户无声，此景尤堪恋。起来携素手，鬓云乱，月照纱厨人未眠。（合前）（净唱）

【节节高】涟漪戏彩鸳，把露荷翻，清香泻下琼珠溅。香风扇，芳沼边，闲亭畔，坐来不觉神清健，蓬莱阆苑何足羡？（合）只恐西

风又惊秋,不觉暗中流年换。(丑唱)

【前腔】清宵思爽然,好凉天,瑶台月下清虚殿[29]。神仙眷,开玳筵[30],重欢宴。任教玉漏催银箭,水晶宫里把笙歌按[31]。(合前)(众唱)

【余文】光阴迅速如飞电,好凉宵可惜渐阑,管取欢娱歌笑喧。

　　(生)樵楼[32]上几鼓了?(净)三鼓了。

　　(贴)欢娱休问夜如何,此景良宵能几何?

　　(合)遇饮酒时须饮酒,得高歌处且高歌。

　　(并下)

【题解】

　　本剧写书生蔡伯喈新婚两月,应父命进京赴试,考取状元,随即被牛丞相强招为婿。此时其家乡荒旱,虽有其发妻赵五娘勉力奉养,蔡公蔡婆仍相继饿死。赵五娘罗裙包土埋葬了公婆,靠琵琶弹唱乞讨,进京寻夫。幸赖牛氏贤德,使她与夫重聚。于是,一夫二妇归家庐墓三年,终获一门旌表。

　　主人公蔡伯喈本是东汉末年的著名学者蔡文姬之父,在他的生平中并无类似经历。只因他做过"中郎将",宋代民间艺人便把他附会到《赵贞女与蔡二郎》这个才子负心的故事上去,到元代更出现了《蔡伯喈琵琶记》。高明的《琵琶记》在描写赵五娘的不幸时,充分吸收了前人的精华,以质朴本色见长。在写到牛府的生活时,作者凭借深厚的文化修养,活用史籍重塑蔡伯喈,兼以化用唐诗宋词,使以典雅见长。两样生活出自两样文笔,交错照映,相得益彰。

　　本出戏是在写蔡婆发现赵五娘强咽糟糠时痛苦不已而身亡之后,写蔡公贫病临终时体恤媳妇,怨恨儿子不孝之前,在琴、枕、扇、荷池、翠竹、风声、棋声、笙歌声等相继组成的悠闲情境中,截取蔡伯喈入赘牛家后的一个日常生活片断。蔡伯喈对发妻的思念之情势在必吐,但在牛府又不能明吐,先是借打书童渲泄其烦躁,次借弹琴在新妻面前曲折表达其隐衷。最后夫妇俩达成表面上的和谐。此三层曲折写来,有移步易形之妙。牛氏对丈夫猜测试探,但并不强人所难,表现出相府小姐的大雅风度,却使剧情更添波澜。可以说,在本剧之前,无论是舞台还是小说中都还没有出现过心理状态如此细腻复杂的戏剧人物形象。

本出据《中国戏曲选》移录,参考钱南扬校注本。

【作者简介】

高明(约 1305—1370),字则诚,号菜根道人,浙江瑞安人,人称东嘉先生。1345 年中进士,因性情耿直,数忤权贵,一直沉沦下僚。元末辞方国珍之聘,隐居于宁波城东的栎社。《琵琶记》著于此时。明初辞朱元璋之召,卒于家。另有诗文 50 余篇存世。

【注释】

〔1〕出:传奇剧本结构上的一个段落,同杂剧的"折"相近。每本传奇一般分为四五十出不等。

〔2〕湘簟(diàn 垫):湘妃竹织的席子。家山:即故乡。

〔3〕金:形容日光。栊(lóng 龙):窗户。

〔4〕院子:主管家务的仆人。

〔5〕黄卷:这里指书。在书上涂雌黄,用以防蠹。

〔6〕瑶池阆(làng 浪)苑:神仙居住的地方。

〔7〕承值:当班做事。

〔8〕在先:以前。爨(cuàn 窜):灶。斲(zhuó 浊):砍,削。相传吴人有把桐木作柴烧的,蔡邕听到声音,知道这是良木,要来制成琴,琴尾仍带焦痕,因名"焦尾"。

〔9〕钧:敬称尊者的属物或行为。

〔10〕南薰:南风。虞弦:虞舜的琴。那些个:那里是。流水共高山:指高超的琴艺。

〔11〕水仙:即《水仙操》,古琴曲名。伯牙学琴于成连。成连引伯牙至蓬莱山谒见他的老师。既至,令伯牙稍候,自己先往。伯牙久候不见人踪,但闻波涛汹涌,悲风飒飒,遂感而作琴曲《水仙操》。

〔12〕打十三:这里当是一种较轻的责打。

〔13〕寡鹄孤鸿、断猿、别凤、离鸾:似和《鸿雁来宾》《双凤离鸾》等琴曲有双关的含义。杀声在弦中见:暗示他提心吊胆的心情在琴声中也流露出来。《后汉书·蔡邕传》说,蔡邕到友人家里,里面正在弹琴,琴音中呈现出杀心,蔡邕不入而回。后来问友人,友人说:弹琴时见螳螂捕蝉,蝉将飞走,心里替螳螂着急,想不到这种心情在琴声里流露出来。

〔14〕"蓝田日暖玉生烟"二句:这是唐代诗人李商隐《锦瑟》中的两句诗,用以表达欲归不得的惆怅情绪。蓝田:今陕西蓝田县,山上产玉。玉生烟:阳光照耀下玉山散发出烟霭,景象迷濛,可望而不可即。望帝:传说古蜀国之主,名杜宇。死后思念家国,魂

魄化为杜鹃。

〔15〕争得鸾胶续断弦：争得，怎得。鸾胶：粘性很强的胶。言外之意是虽和牛小姐结婚，但哪里能接续过去美满的生活呢？

〔16〕金缕：金缕曲。曲调名。卮(zhī支)：古代盛酒的器皿。

〔17〕雉朝飞：琴曲名。《古今注》说：牧犊子七十无妻，见雉鸟雌雄相随，有感而作此曲。下文所引曲调如《孤鸾寡鹄》、《昭君怨》、《思归引》、《别鹤怨》，也都是表现思归伤别的悲怆情绪的。

〔18〕俺只弹得旧弦惯：以下一段对白，蔡伯喈所说的"弦"，语义双关。

〔19〕拚(pàn叛)：舍弃不顾。

〔20〕又被风吹别调间：这是蔡伯喈搭讪的话。他本来要奏《风入松》，奏错了，便说入松的风把曲调也吹到别的地方去了。

〔21〕"楼台倒影入池塘"三句用唐高骈《山亭夏日》诗句。

〔22〕新篁：嫩竹。从〔梁州序〕到〔节节高〕，多化用苏轼〔洞仙歌〕。

〔23〕琅玕：玉石。在这里形容席子(小簟)。

〔24〕碧筒：指莲叶柄。三国时郑悫以莲叶柄吸酒而饮，香气清冽。巘(yǎn演)：大山上的小丘。

〔25〕箔(bó驳)：苇草之类编成的帘子。

〔26〕宝篆沉烟：印成篆文的沉檀香。

〔27〕敧(qī戚)：倾斜，斜靠。齐纨(wán完)：山东出产的白绢，名贵的丝织品。黄香：后汉时人，事亲至孝，夏天扇席使凉，冬天以身温被，才让父亲上床睡觉。

〔28〕玉绳：星名。

〔29〕清虚殿：传说中月亮里的宫殿。

〔30〕玳筵：珍美的筵席。

〔31〕玉漏催银箭：指时光飞逝。古代以铜壶盛水，滴水计时。银箭是铜壶中的一部分，上有刻度。笙歌：泛指奏乐唱歌。

〔32〕樵楼：城楼。

拜 月 亭

施 惠

第二十二出　招商谐偶[1]

（末〈旅店老板〉上）

【临江仙】调和麴蘖多加料，酿成上等香醪[2]。篱边风旆[3]似相招。三杯倾竹叶[4]，两脸晕红桃。不饮傍人应笑，百钱斗酒非高。莫言村店客难邀，神仙留玉珮，卿相解金貂[5]。

　　且喜兵火已平，民安盗息。不免叫货卖[6]出来，分付他仍旧开张铺面，迎接客商，多少是好。货卖那里？（丑〈伙计〉上）忙把店门开，安排待客来。不将辛苦艺，难近[7]世间财。家长老官儿有何分付？（末）货卖，如今且喜兵火已平，民安盗息，你叫与我扑张铺面，迎接客商。你在外面发卖，我在里面会钞记帐。（丑）说得是。我在外面发卖，你在里面会钞记帐。我一卖还他一卖[8]，两卖还他成双。（末）说得是。奉饶[9]加一二，自有客人来。（下）（丑）好招商店，前临官道，后靠野溪。几株杨柳绿阴浓，一架蔷薇清影乱。古壁上绘刘伶裸卧[10]，小窗前画李白醉眠。知味停舟，果是开埕[11]香十里；闻香驻马，真个隔壁醉三家。但有南北二京、福建、江西、湖广、襄阳、山东、山西、云南、贵州、广东、广西客商，都来买好酒。自古道："牙关不开，利市不来。"不免把酒来尝一尝。好酒！一生吃不惯闷酒，得个朋友来同酌一杯才好。（生、旦〈蒋世隆、王瑞兰〉上，生唱）

【驻马听】一路里奔驰，多少艰辛，来到这里。且喜路途肃静，渐次平安，稍尔宁息。（旦唱）恨悠悠千里旅情悲，苦恹恹一片乡心碎。感叹咨嗟，伤情满眼关山泪。（丑唱）

【前腔】草舍茅檐，门面不装酒味美。真个杯浮绿蚁，酢滴珍珠，瓮泼新醅[12]。（生唱）酒旗斜挂小窗西，布帘儿招飐在疏篱际。

和你共饮三杯，今朝有酒今朝醉。

（生）娘子，此间是广阳镇招商店，且沽一壶，少解旅况，再行如何？（旦）但凭秀才。（生叫酒保，丑）官儿买酒吃的？（生）是买酒吃的。（丑）请坐！（生）还有浑家在外面。（丑）浑家请！（生）咄！你这酒保好野。（丑）我小人不野。（生）夫妻才称得浑家，你怎么也叫浑家？（丑）官儿，我闻古人云："人之父母，就是我之父母。"官儿的浑家，也就是我的浑家。一般大家浑一浑。（生）胡说，称娘子才是。（丑）便是，娘子请，如何？（叫科）两杯茶来。（生）酒保，你家有甚么好酒？（丑）有好酒。（生）有甚么好下饭？（丑）有好下饭。（生）只把好的拿来，吃了算帐。（丑叫科）那官儿脚上带黄泥，必定远来的。多着抛尸露，少着父娘皮。一卖当两卖，不要少他的。（生）酒保，你说"多着抛尸露，少着父娘皮"。"父娘皮"是甚么？（丑）父娘皮是骨。（生）抛尸露是骨。（丑）抛尸露是肉。（生）父娘皮是肉，你怎么哄我？（丑叫科）这官儿是老江湖，不要哄他。抛尸露少放些，画眉青多放些。（生）酒保，画眉青是什么？（丑）画眉青是肉。（生）画眉青是菜。（丑叫科）不要哄他了。一卖肉，一卖鸡，一卖烧鹅，一卖扁食[13]。快着呵！（生）看酒过来！（丑）好酒在此。（生）这是新莕，可有窨下[14]？（丑）我这里来往人多，没有窨下，只是新莕。（生）也罢。酒保与我斟一斟。（丑）不要说一针，八针[15]也会。（生）休闲说。娘子请！（唱）

【驻云飞】村酿新莕，要解愁肠须是酒。壶内馨香透，盏内清光溜。（旦作羞不饮科）（生）嗟！何必恁多羞？（旦）非是奴家害羞，天性不会饮。（生）但略沾口，勉意休推，莫把眉儿皱。一醉能消心上愁。

娘子不曾饮得一杯，为何脸就红了？（旦唱）

【前腔】盏落归台，却早两朵桃花上脸来。酒保将酒过来，待我也回那秀才一杯。（丑背云）跷蹊，待我问他。官儿，方才娘子说："酒保看酒过来，待我也回那秀才一杯。""那"者是怎么说？（生）这是我那里乡音，"那"者是好也。（丑背云）待我也打腔儿[16]哄他。（叫科）伙计看那酒来，那下饭来。（生）酒保，甚么"那酒""那下饭"？（丑）官儿就不记得了，我这里也是"'那'者，好也"。（生）休取笑。（旦把酒科）多感君相带。（生）多谢心相爱。（旦）嗟！擎樽奉多才。（生）小生也不会饮。（旦）你量如沧海。（生）酒保减一减我吃。（丑）

什么说话,吃一个满面杯。(旦)满饮一杯,暂把愁怀解,乐以忘忧须放怀。

    (生)酒保,我与娘子一路来,因有几句言语[17],不肯吃酒。你若劝得娘子吃一杯酒,我就与你一钱银子。(丑)官儿,我劝娘子吃一杯酒,就是一钱银子,若吃十杯?(生)就是一两。(丑)若吃了一百杯,就是十两。待我去奉。娘子请酒。(作掩须科,唱)

【前腔】潋滟流霞[18]。(生)酒保,你怎么把脸儿遮了?(丑)小人脸儿不那个,恐娘子见了不肯吃酒。不比寻常卖酒家。娘子请一杯。(旦)我不会吃。(丑)小人跪了。(旦)请起,我吃。(丑)娘子出路人,不要吃单杯,吃一个双杯。(把酒科)村店多潇洒,坐起[19]极幽雅。(旦)我再吃不得了。(丑)没奈何,小人又跪下。(旦)也罢,起来,我再吃一杯。(丑)嗏!何必论杯斝[20],试尝酬价?爱饮神仙,玉珮曾留下,今后逢人吃甚茶?(旦唱)

【前腔】闷可消除,只怕醉倒黄公旧酒垆[21]。秀才,天色晚了,去罢。(生)天晚催人去。(丑)好热酒在此。(生)好酒留人住。嗏!香醪岂寻俗,味若醍醐[22]。曾向江心,点滴在波深处,慢橹摇船捉醉鱼。

    (旦)秀才,我猜着你了。(生)你猜着我甚?(旦)你哄我吃醉了,要捉那醉鱼,只怕你"满船空载月明归"[23]。(生)娘子,这是唐明皇与杨贵妃在采石江边饮宴的故事[24]。(丑)着了,正是那唐明皇与杨贵妃在采石江边饮宴的故事。我小人亲眼见的,也是我斟酒劝他。(生)酒保,你多少年纪?(丑)我四十岁了。(生)唐明皇开元到今,有四百余年,你怎么说亲眼见?(丑)自不曾说谎,略谎得一谎,就露出马脚来。(旦)秀才,天色晚了,去罢。(生)酒保,天色晚了,会钞[25]罢。(丑叫科)官儿,娘子不吃酒了,会钞。(生)酒保,这里到宿客馆中还有多少路?(丑)还有三十里,你问他怎么?(生)我要去借宿。(丑)这等去不到了。官儿,我这里广阳镇招商店,前面吃酒,后面宿客。这里不歇往那里歇。(生)娘子,方才酒保说,到旅馆中还有三十里路,去不到了,就在此安歇罢。(旦)但凭秀才。(生)酒保,一发明日会钞罢。与我打扫一间房,铺下一张床。(丑叫科)那官儿不去了,一发明日会钞。打扫一间房,铺下一张床,一个联二枕头,一个大马子。(旦)酒保,那秀才与你说什么?(丑)那官儿叫我打扫一间房,铺下一张床。(旦)不要依他,只依我。与我打扫两个房间,铺下两张床。(丑叫科)不依前头了。打扫两间房,铺下两张床,两个短枕头,一个马子,一个尿鳖[26]。(生)酒保,娘子叫你怎么?(丑)叫我打扫两间房,铺下两张床。(生)酒钱饭钱都是我还,你怎么不听我说?还只是打扫一间房,铺下一张床。(丑)是,酒钱饭钱都是官儿还,只依官儿。(叫科)不依后头了,照旧依前。打扫一间房,铺下一张床,一个联二枕头,一个大马子。(旦)酒保,那秀才又与你说甚么?(丑)那官儿还叫我打扫一间房,铺下一张床。(旦)你这酒保只依我就罢了,有这许多更变!(丑)你两个只管咭力骨碌,骨碌咭力。(末上,打丑科)狗东西,成甚么规矩,一张又是两张,两张又是一张,叫我老人家,端到东,端到西,费许多气力。走出去!不用你了。(丑)咦,老官儿,我在此也是好的。畚灰刮镬[27],担柴挑水,门前招接,店中买卖。不用我,我往江西人馄饨店中去。(末指丑欲下,丑)老不死。(末转身上)你骂我老不死?(丑)我说你牛一般健,老了不死的。(末下。丑)你两个果来得蹺蹊,怪不得那老儿,如今也不依官儿,也不依娘子,依了我罢。(生)怎么依你?(丑)依我便打扫一间房,依着官儿;铺下两张床……(生)一张!(丑)也依娘子一半,床却丁字铺了。(生)怎么丁字铺?(丑)官儿的床铺在这里,娘子的床铺在这里,上了床,吹灭了灯,一个筋斗就过了。(生)休取笑,张灯来。(丑叫科)看灯来,看洗脚水来。(下。生)娘子,请睡了罢。(旦)你自请睡。(生)请睡了罢。(旦)秀才,你自睡,我自睡,只管问我怎么?(生唱)

【绛都春】担烦受恼,岂容易,共伊得到今朝?有分忧愁,无缘恩爱,何时了?(旦)他那长吁短叹,我心自晓。(生)娘子,你晓得我甚么?(旦)有甚的真情深奥?(生)正要娘子晓得。(旦)礼法所制,人非土木,待说也难道。

(生)寻踪访迹遇林中,(旦)受苦扶危出祸丛。(生)我和你有缘千里能相会,(旦)我只是无缘对面不相逢。娘子,你怎么把言语都说远了,你敢是忘了?(旦)奴家不曾忘了甚么。(生)既不曾忘,可记得林榔[28]中的言语来?(旦)林榔中曾与秀才说兄妹同行。(生)这也有来。我说

面貌不同，语言各别，娘子又怎么说？（旦）奴家再不曾说甚么。（生）正是贵人多忘事。娘子再想。（旦）奴家想起来了，说怕有人盘问，权说做夫妻。（生）却又来，别的便好权，做夫妻可是权得的？我也不问娘子别的，可晓得仁、义、礼、智、信？不要说仁、义、礼、智，只说一个"信"字。（旦）"信"字怎么说？（生）天若爽[29]信，云雾不生；地若爽信，草木不长。为人可失得信么？（旦）奴家也不曾失信与秀才。（生）既不失信，如何不依林榔中的言语？（旦）秀才，你送我回去，多多将些金银谢你吧。（生）岂不闻"书中自有黄金屋"[30]，要你那金银何用？（旦）也罢，你送我回去，我与爹爹说与你个官儿做罢。（生）呀！官是朝廷的，是你家的？我一路来，倒不曾问得娘子，不知娘子是何等人家？（旦）秀才，你不问起也罢，若问我家中事情，不要说与你同行同坐，就是立站的去处，也没有你的。（生）韩景阳[31]大来头，你却是何等人家？愿闻。（旦）奴家祖公是王和，父亲见任兵部王镇尚书，母亲是王太国夫人，奴家是守节操的千金小姐。（生）既是千金小姐，怎么随着个穷秀才走？（旦）不知你妹子随着那个哩。（生）你自身顾不得，那管得别人？且住。不要与他硬，若硬，两下里就硬开了，还要放软些。娘子原来是宦家之女，我蒋世隆低眼觑画堂，尚然消受不起，倒与娘子同行同坐，望娘子高抬贵手，饶恕蒋世隆之罪。（跪科，旦亦跪科）大恩人请起。（生）咳，你既知我是大恩人，（唱）

【降黄龙】说甚么宦室门楣，寒士寻常，望若云霄？时移事迁，为地覆天翻，君去民逃。多娇，此时相遇，料应我和你姻缘非小。做夫妻相呼厮唤，怎生忘了？（旦唱）

【前腔】秀才，何劳，奖誉过高。昔日荣华，眼前穷暴。身无所倚，幸然遇君家，危途相保。（拜科）英豪，念孤恤寡，再生之恩难报。久以后衔环结草[32]，敢忘分毫。（生唱）

【前腔】听告。你身到行朝[33]，与父母团圆，再同欢笑。那时节呵，你在深沉院宇，要见你除非是梦魂来到。（旦）我禀过父亲，那时与你成亲也未迟。（生）那时节你还要我？攀高，选择佳婿，卑人呵，命蹇时乖，实是难招。我与娘子一路同行到此，便是三岁孩童，也说一对好夫妻。这

虚名人前自说,听着偏好。(旦唱)

【前腔】休焦,所许前词,侍枕之私,敢惜微眇[34]。(生)既如此,却又推三阻四怎么?(旦唱)怕仁人累德,娶而不告[35],朋友相嘲。

(生)娘子,你晓得"瓜田不纳履,李下不整冠"么?(旦)"瓜田不纳履"怎么说?(生)假如人家一园瓜正熟,有人打从瓜园中经过,曲腰纳其履,隔远人望见,只说偷其瓜。(旦)"李下不整冠"怎么说?(生)假如人家一园李子正熟,有人打从他李树下过,欲待伸手整其冠,人见只说盗其李。(生唱)从教整冠李下,此嫌疑实亦难逃。(旦云)秀才,你送我到行朝,与爹爹说知,教个媒人说合成亲,却不全了奴家的节操?(生怒击桌科)你前日在虎头寨上,若没有蒋世隆呵,乱军中遭驱被虏,怎全节操[36]?(净〈旅店老板娘〉内叫)老儿起来,盘儿碗儿都打碎了。(末、净上唱)

【太平令】曲径非遥,深夜柴门带月敲。邮亭[37]一宿姻缘好,又何故语叨叨?

(生、旦见科)(生唱)

【前腔】旅邸萧条,回首乡关路转遥。寒灯照影伤怀抱,因此上话通宵。

(末)官人,娘子,我两口在隔壁听得许久,颇知一二,你也不要瞒我了。(生)既如此,瞒不得公公、婆婆了。(末)秀才官人,他是宦族名流,深闺处子,自非桑间之约,濮上之期[38],焉肯钻穴相窥,逾墙相从。秀才官人,你是读书之人,岂不闻柳下惠[39]之事?(生)惶恐,惶恐。(末)秀才官人莫怪,请到前楼去坐一坐,老夫别有话说。(生)是如此。(下。末)小姐在上,老夫有一言相告:"男女授受不亲,礼也。嫂溺援之以手,权也[40]。"权者反经合理[41]之谓。且如小姐处于深闺,衣不见里,言不及外,事之常也。今日奔驰道途,风餐水宿,事之变也。况急遽苟且之时,倾覆流离之际,失母从人二百余里。虽小姐冰清玉洁,惟天可表。清白谁人肯信,是非谁人与辨?正所谓"昆冈失火[42],玉石俱焚"。今小姐坚执不从,那秀才被我道了几句言语,两下出门,各不相顾,若遇不良之人,无赖之辈,强逼为婚,非惟玷污了身子,抑且所配非人。不若反经行权,成就了好事罢。(旦)望公公、婆婆收留奴家在此。倘或父母有相见之日,那时重重

相谢，决不虚言。（末）呀，收留人家迷失子女，律有明条；况小店中来往人多，不当稳便。既然不从，小姐，请出去罢。（旦悲科。净）老儿，他只因无父母之命，又无媒妁之言，我两人年纪高大，权做主婚之人，安排一樽薄酒，权为合卺^[43]之杯。所谓礼由义起，不为苟从。我两老口主张不差，小姐依顺了罢。（旦）我如今没奈何了，但凭公公、婆婆主张。（净）老儿，小姐也是看上这秀才的，他也要拿些班儿^[44]。（末）你去看酒来，待我请那秀才官人来。秀才官人，有请。（生上。末）被老夫劝从了。（生揖科）多谢公公。（净上）老儿，酒在此了。（末把酒科）（末、净唱）

【扑灯蛾】才郎殊美好，佳人正年少。相逢邂逅间，姻缘会合非小也。天然凑巧，把招商店权做个蓝桥^[45]。翠帷中风清月皎，算欢娱，千金难买是今宵。（旦唱）

【前腔】礼仪谨化源，《关雎》始风教^[46]。一时见君子，匆匆遽成人道^[47]也。（生）我是山鸡野鸟，配青鸾无福难消。仗冰人一言已定，此生此德，何以报琼瑶^[48]？

　　（末、净）官人、娘子，请稳便罢。夜深了，明日再取一樽酒，与你暖房。姻缘本无意，天遣偶相逢。剩把银釭照，犹疑是梦中^[49]。（末、净下）（旦唱）

【衮遍】不肯负情薄，不肯负情薄^[50]，随顺教人笑。空使我意沉吟，眉留目乱^[51]羞难道。（生）看他喜时模样，愁时容貌，灯儿下，越看着越波俏。（旦唱）

【前腔】才郎意坚牢，才郎意坚牢，贱妾难推调。只恐容易间，把恩情心事都忘了。（生）蒋世隆若有此心，与你星前月下去罚下誓来。（旦）你自去罚。（生）蒋世隆若忘了小姐厚恩，永远前程不吉。海誓山盟，神天须表。辨至诚，图久远同谐老。（旦唱）

【尾声】恩情岂比闲花草？（生）往常恨更长寂寥，今夜只愁天易晓。

　　（生）野外芳葩并蒂开，（旦）村边连理共枝栽。

　　（合）百年夫妇途中合，一段姻缘天上来。

　　（并下）

【题解】

　　故事发生在金末。番兵入侵,尚书之女王瑞兰与母亲、书生蒋世隆和妹妹瑞莲,都在兵乱中失散。瑞兰邂逅书生蒋世隆,患难中结为夫妇。后尚书在招商店中巧遇瑞兰,不肯让女儿下嫁,强带女儿回家。瑞莲被尚书夫人收为义女。瑞兰焚香拜月,流露对世隆的思念之情,被瑞莲所见,始知姊妹间又有姑嫂关系。后来,世隆与结义兄弟陀满兴福分别中了文武状元,奉旨与尚书的女儿结亲,于是,夫妇兄妹团圆。与那些才子佳人的儿女风情来取悦观众的戏不同,本剧是在兵荒马乱、颠沛流离的生活背景下展现人物的悲欢离合,使男女恩怨具有丰富的社会、伦理内涵。

　　蒋世隆这个形象可以说是中国书生的骄傲。在本出可以看到,这个书生不仅不迂腐,而且颇有江湖经验;他不是靠舞文弄墨吸引自天而降的小佳人,而是以男人的魄力才干实实在在地做这女子的保护人。尚书小姐在他眼里不是不可企及的天仙贵人,而是可亲可近的患难姊妹。他知道唯有在此情况之下才能逾越等级的鸿沟。于是以他的热情与智慧去争取。总之,与文弱痴迂的传统书生形象相反,他的个性力量之强在中国艺术长廊中是少见的。

　　本折写蒋世隆与王瑞兰在招商店结为夫妇的过程。剧中净、丑、末三个次要角色,充分显示生意人的机灵、功利、通变的特点,他们的插科打诨不仅愉悦观众,而且推进剧情,使人物相映生辉。明人李卓吾把本剧与《西厢记》并称,以为都达到“化工”境界,诚不虚也。

　　本出据《中国戏曲选》移录。

【作者简介】

　　施惠,字君美,杭州人,经商为业,诗词曲俱擅长。目前只能断定本剧是元末明初杭州的书会才人根据大都的旧本(可能是关汉卿的同名杂剧)改编,尚无确凿材料证明改编本出于施惠之笔。

【注释】

〔1〕招商:当时的旅店名称。
〔2〕麴糵(qū niè 区聂):酒母。醪(láo 劳):醇酒。
〔3〕风斾(pèi 配):指酒旗、酒幌,一般作燕尾状。
〔4〕竹叶:酒名。

〔5〕卿相解金貂：这里用阮孚的故事。晋朝阮孚，性好饮酒，任职时曾以金貂换酒吃，受到弹劾。

〔6〕货卖：做买卖的伙计。

〔7〕难近：即难赚，今温州方言尚如此。

〔8〕"一卖还他一卖"两句：买卖公道的意思。一卖，一份买卖。

〔9〕奉饶：额外奉赠。

〔10〕刘伶：晋代竹林七贤之一。性嗜酒，曾赤裸于屋，言屋是衣服，人进则问："为何入我裤中？"

〔11〕埕（chéng 成）：酒瓮。

〔12〕绿蚁：酒上浮着的泡沫。酢（zuò 作）：向主人敬酒。新醅：新酿的酒。

〔13〕扁食：方言，饺子。

〔14〕新莍（chú 除）：指新酒。窨（yìn 印）下：指藏在地窖里的老酒。莍：漉酒的稻草。窨：地窖。老酒味香醇易醉人，蒋世隆要窨下的酒，和下面"慢橹摇船捉醉鱼"的想法，是有联系的。

〔15〕八针：大约是粗鄙语言的谐音。

〔16〕打腔儿：打着店家的腔调。

〔17〕几句言语：指稍有争执。

〔18〕潋滟（liàn yàn 炼艳）：溢满的样子。流霞：指酒。

〔19〕坐起：指坐立的地方。

〔20〕斝（jiǎ 甲）：有耳的大酒杯。

〔21〕黄公旧酒垆：语出《世说新语》。据说王戎、嵇康、阮籍等人常在黄公酒垆旁边纵饮。

〔22〕醍醐（tí hú 提胡）：精美的乳酪。

〔23〕满船空载月明归：这是华亭船子和尚诗，上句为"夜静水寒鱼不饵"。

〔24〕唐明皇与杨贵妃在采石江边饮宴的故事：传说唐玄宗与杨贵妃在采石江边游玩宴饮，杨贵妃醉了，呕吐起来。江里的鱼吃了杨贵妃吐出的酒食，也都醉了。

〔25〕会钞：算账付钱。

〔26〕尿鳖：尿壶。

〔27〕畚（běn 本）灰：方言，用畚箕撮灰。旧时以柴烧锅，锅底渐厚，需时时刮之，谓之"刮镬（huò 或）"。

〔28〕林榔：丛林。

〔29〕爽：违背。

〔30〕"书中"句：出自北宋赵恒《劝学文》。

〔31〕韩景阳：未详。

〔32〕衔环结草：报恩的意思。衔环，传说汉代杨宝，曾救了一只受伤的黄雀。后来

梦见黄雀化为黄衣少年，拿着白玉环送给他。结草，春秋时晋人魏颗，没有听从其父要将爱妾殉葬的遗嘱，后来魏颗和秦国打仗，有一老人把茅草打成结，帮助魏颗绊倒了敌人的战马，因而得胜。晚上，魏颗梦见老人，才知道这是妾父向他报恩。

〔33〕行朝：即行都，是皇帝在外地临时听政的地方。

〔34〕敢惜微眇：岂敢爱惜自己微薄的身躯。

〔35〕娶而不告：没有告诉家长便私自结婚。

〔36〕"前日在虎头寨上"数句：指蒋世隆、王瑞兰在虎头寨被掳，因寨主是蒋世隆结义兄弟，得免于难。事详见本剧第二十出《虎头遇旧》。

〔37〕邮亭：小客店。

〔38〕"桑间之约"二句：指男女自由结合。桑间、濮上，都在卫地（今河南省滑县附近）。据说春秋时卫国有些青年男女在这里寻欢作乐。

〔39〕柳下惠：春秋时鲁国人。传说在风雪之夜，有失路女子到他处借宿，他怕女子冻僵，友善地把她抱在怀里坐到天亮。因此说柳下惠"坐怀不乱"。

〔40〕嫂溺援之以手，权也：语出《孟子·离娄》。意思是说，按礼教规定，叔嫂不能有所接触。但如碰到非常情况，例如嫂子掉在河里，小叔就应前往援救，对礼教采取变通的态度。权，变通。

〔41〕经：指礼教。理：常理。反经合理：即虽违反礼教规定，但却符合常理。

〔42〕"昆冈失火"二句：《尚书·胤征》："火炎昆冈，玉石俱焚。"昆冈：即昆仑山，传说这里产玉。

〔43〕合卺（jǐn紧）：成婚。过去风俗，夫妻成亲时，把一个匏分为两半，夫妇各执一半盛酒饮之，称为合卺。

〔44〕拿些班儿：装个样子，装腔。

〔45〕蓝桥：蓝桥驿，在陕西省蓝田县附近。传说唐代秀才裴航，在这里遇见了仙女云英，成为夫妇。

〔46〕"礼仪谨化源"二句：意思是说，礼节仪式是关系到风俗教化的，必须遵守。《诗经》始篇的《关雎》，按旧说是提倡风化的。

〔47〕人道：指行夫妇之事。

〔48〕冰人：媒人。报琼瑶：酬报的意思。《诗经·卫风》："投我以木瓜，报之以琼瑶。"

〔49〕"剩把银釭照"二句：银釭，银灯。宋晏几道〔鹧鸪天〕词："今宵剩把银釭照，犹恐相逢是梦中。"

〔50〕情薄：薄情郎，这是对心爱者的反语。

〔51〕眉留目乱：形容心烦意乱。

浣 纱 记

梁辰鱼

第二十三出 迎 施

（生扮范蠡，同众带女冠服[1]上，生唱）

【虞美人】连年江海空奔走，往事休回首。桃源深处结同心，一别匆匆三载到如今。

自家范蠡，向因闲游苎萝山[2]下，得遇西施，不觉三载有余矣。勤劳王事，奔走江关，再无工夫得谐姻契。近寄信去，知未嫁人。昨因主公要选美女，进上吴王。遍国搜求，并不如意。想国家事体重大，岂宜吝一妇人？敬已荐之主公，特遣山中迎取。但有负淑女，更背旧盟，心甚不安，如何是好？今到这里，恐幽僻山村，车马众多，必致惊动。我且再依向年故事，改换衣裳，潜往他家，先见此女。备述我主公访求之意，令其心肯意从，然后将车马奉迎，却不是好！众军士，你们暂住村口，待我呼唤，方可到来。（众应介，同生俱下。）（旦〈西施〉上唱）

【前腔】秋来春去眉常锁，愁病何年可。灯花昨夜似多情，晨起檐前鹊噪更无凭[3]。

奴家西施[4]，自从与范大夫相别，不觉将及三载。闻他一向逗留吴庭，近日归来，有信安慰。他既能以身殉国，我岂可将身许人。如今父又远出，母又患病，只得闭门做些针指，待他消息。正是："身无彩凤双飞翼，心有灵犀一点通。"[5]（生道服[6]上）独访山家歇还陟，茅屋斜连隔松叶。主人何处未开门，绕篱野菜飞黄蝶。我一路问来，说道西施家里，门临流水，屋靠青山。数竿修竹，在小桥尽头，一座茅堂，向百花深处。迤逦[7]行来，此间想是他门首了。为何闭上门儿？我不好径叩。且在此少待，看里头有人出来否？（唱）

【一江风】问他家独自穿山径,趁几曲溪流净。未开门一带疏篱,见花竹相遮映。沿门嗽一声:里头有人么?怎么再不闻一些影响?沿门嗽一声,待敲还住停。待我再问一声:里头有人么?(旦)是那个?(生)这个娇滴滴声音想是他了,我且不要应他,看他出来么。急忙里未可便通名姓。(旦唱)

【前腔】万山深寂寂村庄静,镇日[8]有谁来问!你是何人?(生)是我!(旦)试把门开,看那个频频应。(做开门介)呀!我道是谁!(做退后介。生)且喜小娘子在家里。(旦)尊官里头请坐便好,只是我父亲不在家里,如何是好?(生)一定要到堂中奉拜,兼有说话。(旦)既然如此,尊官请!(生)小娘子请。他忙将礼数迎,忙将礼数迎,春风满面生。(旦)尊官,念蜗居窄狭无恭敬。

尊官万福。(生)小娘子拜揖。范蠡为君父有难,拘留异邦,有背深盟,实切惶愧。(旦)尊官拘系,贱妾尽知。但国家事极大,姻亲事极小,岂为一女之微,有负万姓之望!(生)小娘子,我不知进退,有言奉闻。(旦)但说不妨。(生)我与小娘子本图就谐二姓之欢,永期百年之好。岂料家亡国破,君头臣囚,幸用鄙人浅谋,得放主公归国。今吴王荒淫无度,恋酒迷花。主公欲构求美女,以逞其欲。寻遍国内,再无其人。我想起来,只有小娘子仪容绝世,偶尔称扬,主公遂有访求之心,小娘子尚无见许之意。故敢特造高居,奉询可否,小娘子意下何如?(旦)贱妾不过是田姑村妇,裙布钗荆,岂宜到楚馆秦楼,珠歌翠舞?况当时既将身许,三年遂患心疼。尊官为国,伏望别访他求。贱妾为身,恐难移彼易此。(生)小娘子美意,我岂不知。但社稷废兴,全赖此举。若能飘然一往,则国既可存,我身亦可保。后会有期,未可知也!若执而不行,则国将遂灭,我身亦旋亡。那时节虽结姻亲,小娘子,我和你必同做沟渠之鬼,又何暇求百年之欢乎?(旦)虽然如此,但悬望三年,今得一见,意谓终身了了,岂料又起风波。好苦楚人也!(唱)

【金络索】三年曾结盟,百岁图欢庆。记得溪边,两下亲折证[9]。闻君滞此身,在吴庭,害得心儿彻夜疼。溪纱一缕曾相订,何事

儿郎忒短情？我真薄命！天涯海角未曾经,那时节异国飘零,音信无凭,落在深深井。(生唱)

【前腔】别来岁月更,两下成孤另。我日夜关心,奈人远天涯近。区区[10]负此盟,愧平生。谁料频年国势倾,无端又害出多娇病,羞杀我一事无成两鬓星！今日特到贵宅呵,奉君王命,江东百姓全是赖卿卿。小娘子,你若肯去呵,二国之兴废存亡,更未可知;我两人之再会重逢,亦未可晓。望伊家及早登程,不必留停,婚姻事皆前定。

　　(旦)既然如此,勉强应承。待我进去,禀过母亲,方可去也。(生)正是。(旦下。生)众军士那里？快取冠带过来。(众上请旦,诨[11]介。小净〈北威〉、丑〈东施〉[12]、旦同上。小净、丑)妹子,你父亲又不在家里,母亲又病在床上,我两个在村中知道,特来相送。(做哭介。生)不要哭！请换了小娘子的衣服。(小净、丑换衣服介。旦悲介)(旦唱)

【三换头】孤身只影,未识侯门行径。况天南地北,路途谁惯经？我未往先战惊。这其间只是我不合来溪边独行,羞杀人儿也,浣纱谁问聘,敬谢君家,恐这样姻亲空作成！

　　(生)小娘子不要烦恼。(小净、丑)西施妹子,你不像我两个店底货[13],你去,这桩买卖必定就着手。经过杭州,若想我两个,搽面粉每人买三四担寄来用。(做哭介。生)你两个不消送了,去罢！(小净、丑下。众)就此起程。(众唱)

【前腔】鸾车奉迎,笙歌迭进。王都近也,看欢声遍城。此去一生欢庆,这壁厢只得把那壁厢暂时承领[14]。况切君王望,紧行莫住停。奉告娘行[15],想这段姻亲真作成。

　　(众)禀老爷,已到宫门首了。(生)闻主公在后殿,不免竟入。(小生〈越王勾践〉上,唱)

【生查子】日长深殿中,拂拂南风竞。聊抚五弦琴,为解吾民愠[16]。

　　(生进相见介)主公,奉迎西施,已在宫外。(小生)范大夫就引进来。(旦进。众喝旦拜介。小生)美人起来,果然天姿国色,绝世无双。范大夫,皆是尊赐。(生)岂敢。(小生唱)

【东瓯令】真娇艳,果娉婷,一段风流画不成! 美人,念千年家国如悬磬[17],全赖伊平定。若还枯树得重新,合国拜芳卿。

（旦）只恐性质凡庸,容颜粗丑,不足以副君王之望。（唱）

【前腔】嗟薄命,愧无能,念贱妾今还在幼龄。寒微未脱蓬茅[18]性,金屋难相称。（小生）你晓得歌舞么?（旦）看萧萧裙布与钗荆,歌舞更何曾。（生唱）

【刘泼帽】娘行聪俊还娇倩,胜江东[19]万马千兵。你立功异域才堪敬。那时海甸[20]清,眼见烽烟净。

（小生）范大夫传下命令,点选宦官五十名,宫女一百名,宝马香车,旌旄鼓吹,服侍美人到西土城别馆去居住。目下就请娘娘亲去教他歌舞。（众应介。小生、生先下。众引旦行介。众唱）

【前腔】金门火速传君令,点宫娥尽到西城,尽心昼夜来供应。他日法驾临,万姓看行幸[21]。（下）

【题解】

在中国传统上,不乏美人而缺少美神。中国的美人总是与祸水论结合在一起。然而只有在本剧中,她才具有美神的意义——不仅令人美慕,而且令人钦敬。

本剧原名《吴越春秋》,写春秋时吴越互相攻伐,越国战败,越王勾践被俘,忍辱三年获赦,为了复国,范蠡向吴王夫差进献和自己已订终身的西施,使吴君臣离间。后越国反攻,夫差自杀。范蠡功成弃官,携西施泛舟五湖而去,至今江苏无锡仍有蠡湖。

在这个历史故事中,作者一方面寄托了对明王朝的不满、忧虑和自己的政治理想,实际上是借吴越兴亡为后人提供历史镜子;另一方面寄托了他的女性理想。西施这位中国四大美女中的第一位,虽然有令人美慕的美色,但更有令人生畏的"祸水"阴影。然而在本剧中,作者赋予她既忠贞于爱情,又能为国牺牲的美德,使她成为德才貌兼备,既完成了惊天动地的使命,又获得了美好归宿的女性,在中国传统的美女形象系列中达到了理想的极致。

本折写范蠡说服西施进吴,讲清楚国家之兴是个人幸福的前提,入情入

理,才见得"国家事极大,姻亲事极小"不是空洞强硬的教条。将国家兴亡与男女爱情结合起来写,在戏中始自本剧,后来的《长生殿》、《桃花扇》都受其影响。

昆腔以典雅、婉转、细致入微为特点,这在本折的〔一江风〕二曲、〔金络索〕二曲中有充分的体现。

本出据《中国戏曲选》移录。

【作者简介】

梁辰鱼(约 1521—1594),字伯龙,号少白,别号仇池外史,江苏昆山人,一生无官。因用当时新创的"昆腔"演唱传奇《浣纱记》,大大发展和传播了昆腔。

【注释】

〔1〕女冠服:指妇女穿的官服,在此是为西施预备的。

〔2〕苎萝山:在浙江省诸暨县南,亦称萝山。下临浣江,江中有浣纱石,相传为西施浣纱的地方。

〔3〕"灯花昨夜似多情"二句:旧时以灯心结花、喜鹊鸣噪为喜事的预兆。无凭:无端。

〔4〕西施:春秋越人。据《史记》、《越绝书》等记载,越王勾践为吴所败,知吴王夫差好色,献西施以乱其政。

〔5〕"身无彩凤双飞翼"二句:引自唐李商隐《无题》诗。旧说犀牛是灵异的兽,角中有白纹如线,直通两头,因以灵犀一点通,比喻两心相许。

〔6〕道服:道士服装。春秋时尚没有出现道教,道服在此是为了渲染范蠡的平民色彩。

〔7〕迤逦(yǐ lǐ 以里):曲折连绵。

〔8〕镇日:整天。

〔9〕折证:对证,在此有山盟海誓的意思,范蠡与西施溪边订亲一节详见本剧第二出。

〔10〕区区:自称的谦词。

〔11〕诨:插科打诨。

〔12〕小净扮北威,丑扮东施,是剧中用以衬托西施的两个丑女。

〔13〕店底货:指商店里卖不出去,长久积压的货物。俗称"货底子"。

〔14〕"这壁厢"句:谓西施只得把赴吴的任务暂时承担。

〔15〕娘行:指西施。娘:对于普通女性之称。

〔16〕竟:强的意思。愠(yùn 运):怒。此曲化用汉代孔子后人所作《家语》中句:"舜

作五弦琴,歌曰:南风之熏兮,可以解吾民之愠兮。"

〔17〕悬磬:形容空无所有,贫穷之极。

〔18〕蓬茅:指贫贱之家。

〔19〕江东:指吴国。

〔20〕海甸:海疆,指领土。

〔21〕法驾:指君王车驾。行幸:指君王的出游。

女状元

徐　渭

第四出　试　凤

【传言玉女】(外扮周丞相上)要选乘龙,虎榜偶然得宋[1]。若侍襄王,定赛赋高唐梦。秦楼弄玉,谁好伴他骑凤[2]?端详,惟有这个门生共。

　　老夫失偶多年,素有向平五岳之想[3],所以誓不再娶。止因前荆生有一男,唤名凤羽,一女唤名凤雏,至今未曾婚嫁,正在萦心。向年偶知贡举,取了那黄崇嘏,荐为榜首。如今现做司户参军。他才学既是出群,吏事又十分这等精敏,他日必是远到之器[4],可恰好又不曾定妻。我这女孩儿凤雏,年方二十,小他三岁,且喜他倒也伶俐端方。古人重择婿,若果择婿不与黄郎,却与谁人?我前日发下三桩疑难的事[5]一试他,访得他都问过了,今日必然来回我的话,我可又要把文艺中事面试他代笔,可不把这女婿当面就选定了?(望时牌介)如今已是辰[6]牌了,他怎么还不来。叫办事官。(末扮办事官上)(外)去书房里,取黄参军前日申文[7]。要拿那起做公的,说干碍禁卫衙门,须得我进过本[8]。若写稿成了,趁闲拿来我看。(末应下取上介)(外看介)(旦〈黄崇嘏〉同净〈乳母黄科〉上)[9]

【前腔】日侧休衙[10],正好松间吟弄。一纸红帖,又传递摁[11]门缝。今日马头,向相府沙堤拥。连忙回话前朝的牒送[12]。

　　下官前日蒙相府发下三桩事来,都已问明了,免不得回话。黄科,这文书有些机密的说话在里头,你自拿去,随我进来。(旦两跪一揖递文书介)前日蒙老师发下黄天知[13]等三起事,门生都问明了,呈递文书同复。(外)都问明了,好耶!收上来。起来。皂隶闭了门,参军到后堂坐坐。(旦又两跪一揖坐介)(外看文书云)这三起事都问得绝妙,理冤摘伏[14]么,可也如神！老夫前日也有些疑，所以上略审审就打了他的板。可怎么得如贤友这般精细，绑那妇人何等的奇[15]，把强盗晓毛屠的妻子，可乘此就搜了他的票儿，何等的巧[16]！那真可有踪影儿也都没处寻了耶，可就在他自己身上套出一个不搭伴的真情，何等的这般敏捷[17]！张释之治狱，天下无冤民[18]。后来于定国，民也自谓不冤[19]，非子而谁?！（起揖介）老夫可敬伏，敬伏！就照依贤友的问么，覆本发落就是了。（旦）岂敢！老师引进，免责而已。（外）昨日贤友申文，要拿做公的与那瞧不实[20]，也依贤友写本了。叫黄老爷那人进来，脱了圆领，衙内去取个攒盘[21]，俺们坐一坐。参军，老夫恃爱么，可还有几件事儿要劳贤友一劳。（旦）不敢！谨领命。（外）我前面造了文翁与诸葛武侯的祠堂[22]，大门外的匾，取做"蜀天双柱"，又须一对门联；那扬雄、王褒、司马相如、谯周、陈子昂、李白、杜甫，杜便是流寓的人物了[23]，这七才子也共一个祠堂，匾便就取做"七才子祠"[24]，也着得一对门联。前面去访卓文君琴台[24]，少一个诗匾。又有一个远债，我先世乡中，近日立木兰[25]的祠，诸友可又来讨上梁文。（起揖介）这几件可都要借光于贤友。手下，取笔墨过来。（旦）老师尊命，不敢不领。只是当面这等妄诞，便可真是班门弄斧了。容门生领去，做了呈稿请教。（外）你是倚马之才[26]，正要当场一逞，不要谦。手下研墨，先写大字起。小厮拿大杯来，酌三杯助兴。（旦写"蜀天双柱"介）（外细看介）

【梁州序】石铭瘗鹤，银钩作蚕[27]，（云）这两种较量起来呵，（唱）毕竟楷书难大。子云一字，专亭取挂萧斋[28]。谁似你铜深款识，铁屈珊瑚，几撇斜披蒹[29]。（旦写"七才子祠"介）（外看介）指尖尤有力压磨崖，绝称泥金糁绿牌[30]。（旦）笼韦诞成头白[31]，门生焉敢学王郎怪[32]，题麟阁还要了相公债[33]。

（外）多劳！（旦）望老师点化。（外）再要怎么妙！小厮，再进三杯！斟我的陪，有劳做二祠的门联。（旦做介。写介）（外看念介）文德武功，照映锦江玉垒[34]；鼎分刀布，低回碧草黄鹂[35]。（又念七才子联介）作者七人，星聚文中龙虎；兀然千古，云横天半峨嵋。（外）又好，真可与七才子争雄。

【**前腔**】二贤遗爱，七雄沉派[36]，功德文章绝代。许多豪杰，凭将四句题该[37]，越显得梁间燕雀，碑底龟螭[38]，都拱护神灵在。四楹[39]金彩上，定有瑞芝开。（云）叫小厮数一数，这两联多少字。（丑应）（云）四十个字。（外唱）生夺却四十颗明珠做挂壁钗。（旦）这月露形，风云态，（云）门生这样的歪对句，不过是（唱）小孩童图夜散书堂快。（云）老师今日呵，（唱）似金谷老[40]借乞儿债。

> （外）小厮，再满斟三杯送黄爷，好等他发兴做诗，就绝句也罢。（旦做卓文君琴台诗。外念介）寡鹄芳心不自持，求凰旧事冷多时[41]。琴台一夜山花血[42]，月上峨嵋叫子规。（外拍手大叫云）妙不可当！贤弟，你就是撑着珍珠船一般，颗颗的都是宝。（外）

【**前腔**】琥珀浓未了三杯，珍珠船又来一载。俨丝桐送响，出墓田黄荚[43]。（云）看音调这般凄楚呵，（唱）真个是清明杜宇，寒食棠梨，愁杀他春山黛[44]，一堆红粉块。（云）得你这一首诗呵，（唱）恨不葬琴台，说什么采石江边吊古才[45]。（旦）老词宗[46]令门生代，况文君自合吟头白[47]，因此上难下笔，险做了赖诗债。（云）这遭该上梁文了。

> （外）这四六[48]，一法是你的长技。（旦写介）（外看念介）伏以貌然闺秀，描眉月镜之娇；突尔戎装，挂甲天山之险。替父心坚似铁，乘虎豹姿，羞儿女态；从军胆大如天，换裳荚叶[49]，历十二年。移孝为忠，出清于浊。双兔傍地，难迷离扑朔之分[50]；八骏惊人，在牝牡骊黄之外[51]。英灵振古，坛庙宜新。黄金铸雪骨冰肌，紫气驾云鬟雾鬓。芳魂红帜，定依娘子之军；碧水黄陵，何忝夫人之庙[52]。栋梁伊始，香火长存。（外看毕云）尤妙！尤妙！

【**前腔**】他从军辈本是裙钗，你上梁文细描英迈。比曹娥孝女[53]，多一段劫营攻寨。看他年朱栏字薛，黄绢碑阴，定赏杀中郎蔡[54]。（外云）替桩这样大门面，只好了老夫。（旦云）岂不坏了老师名头？（外唱）红罗新挂处，谁不道豫章材[55]，正好架百尺高楼把五凤抬[56]。（旦云）

门生呵，(唱)真醉矣！浑无奈，又骑着匹瘦马向天街蓦[57]，何日了木兰债！

（外）怎么说这个话？（旦）门生醉了，才那上梁文，少六个儿郎伟[58]，可不就是少木兰债一般。（外云）上梁文一字千金，那儿郎伟不消也罢了。（旦转身惊介，云）险些儿做出来。（对外云）门生果是大醉了，敢斗胆告辞。（外）你怎么说这样败兴的话？老夫也苦不俗耶，你敢是小看老夫没有润笔之资，像如今人讨白诗文的么？我有也，我已曾吩咐取四匹葡萄锦，四匹灯笼锦，四枝玉管，薛涛笺[59]便没多了，只有五十，又收拾一大盒子青城山的雪蛆[60]，好备你酒渴诗枯之用也。再不要你做诗了，只管放心吃酒。（旦）老师这般说，门生便醉死也不敢告辞了。（外）若真醉了，便我那小书房儿里，有一些些大的个花园儿，我和你去散一散。小厮，叫厨下把那俗品不要来了，只讨些笋菜儿来，好下酒。（旦到书房看花称好介）（内作琴声。旦作听介。云）老师，那里有人弹琴？（外）哦！这就是我的小女，叫做凤雏。他从小儿有些小聪明，读得几行书，也弹得几曲琴，又下得几着棋子。他不晓得俺们在这里。（叫介）小厮传进去，说有客在这书房里。贤友，我那凤雏，可又因刺绣什么花样，也渐渐的学得几笔水墨花草翎毛。（旦）这等说将起来，明日就是个曹大家与谢道韫耶[61]。（外）羞死人。正是耶，我闻得这三件是贤友的长技。（旦）只是个耍子，其实不高。（外）小厮，你传进去，叫取小姐的琴出来，就把他的画儿也拿一张出来，与黄爷瞧一瞧。（丑取上送旦介）（旦看介。云）甚妙耶！真是写意[62]，全没一点那闺阁之气。（外）拿纸来，央送黄爷画一角儿，好拿与小姐做样子。（旦）这个又是班门弄斧了。（外）小厮，斟一大杯跪着，若黄爷不画，便你不要起来。（旦）快起来，门生就画。（旦画。外看云）果是高！名不虚传。送进去小姐看，拿琴过来，一法了了我的凤愿。小厮，拿酒过来，照前跪倒。（旦）不必，门生就弹。（做弹琴介）（外）这调也像似《凤求凰》。（旦）正是。老师知道耶？（外）说什么司马相如，可惜我衙里没一个卓文君。（旦作惊悔介。云）门生果是醉了。或者打赌赛色[63]还勉强得几杯，老师可容门生对这么一局，可数着子儿奉老师的酒何如？（外）好大话！你就算定自家不输了？（旦）门生醉中失言，可有罪了，该罚。（外）也罢。拿棋来，可也只下一角儿，两人不过四十着，图快

些。(着介)(外输介)(旦)老师该饮五杯，门生代两杯。(外)怪物！怪物！件件的高得突兀。

【节节高】分明是楚阳台，九层阶，一层高矣一层赛。琴天籁，画活苔[64]，棋吾败。这师生名分凭君赖，算来我合在门墙[65]外。(旦云)老师怎么这般戏谑？(外唱)你云龙两物一身兼，孟郊怎受得昌黎拜[66]。

(旦又辞云)日侧了。(外)斟酒过来送黄爷。

【前腔】你休辞日影歪，再三推，左右归衙也了不得文书债。煮园芹薤，鱼脑腮，铺薨稗[67]，那葡萄匹锦，只好做囊诗袋，万分酬不尽珠玑数[68]。(旦云)老师于门生这般抬价呵，(唱)譬如锦川片石有何奇，一时间侥幸得南宫拜[69]。

门生这番真告辞了。(外)罢，我也不淹留你了。

【尾声】你遇着簿书闲，花月再，兴高时打着马儿来。我又试取乌鬼黄鱼，了这坛琥珀醅[70]。

(旦谢别出介)(外)叫官儿来，把才说的润笔[71]那些东西，送到黄爷衙里去。(末捧物介)(外低声吩咐云)我在书房里等回话，你就打梆进来。(末应介)(外虚下)(末送旦至门外禀介)办事官禀上参府老爷，晓得俺丞相今日的酒么？(旦)这也不过是管待我诗文的意思，有什么晓不得。(末)不是。俺丞相爷有一个小姐凤雏，未曾许配。爷可仰慕参府是一个文学的魁星[72]，风流的佳婿，极欲仰攀，命办事官宛转传达，他说在书房里紧等着回话。望乞就赐尊裁。(旦大笑云)可怎么了，可怎么了！也罢，既然说我老师等着回话，便我不免就这官厅里写几句回话么，劳老办替俺转达。(末)是，谨领。(旦作下马入厅写介)(末唤净云)黄大官，你把这些润笔的东西一件件收下，我可要进去回话哩。(净接介)(旦封诗付末介。云)有劳耶！(末)不敢。(旦)我崇碬一向的遮掩呵，似折戟沉沙铁半销[73]。老师呵，你可该自将磨洗认前朝。我呵，天原不曾许我做男子，这就是东风不与周郎便。小姐，孤负了你且铜雀春深锁二乔。(旦、净同下)(末打梆介)(外)他怎么说了？(末递书云)蒙爷吩咐办事官这件事，就依着爷的说话，宛转传达与黄参军。黄参军可就在门外官厅里写了这回话,叫办事官禀上爷。(外拆书读介。云)一辞拾翠锦江涯,贫守蓬茅但赋诗。自着蓝衫为郡掾[74],永抛鸾镜画蛾眉。立身卓尔[75]青松操,守志铿然白璧姿。相府若容为坦腹[76],愿天速变做男儿。(外大惊云)呀!原来他是个女身,天下有这等奇事!这一桩姻缘就是湖阳公主一般[77],事不谐矣。也罢,我凤羽孩儿现应试科,明日该挂榜了。若是凤羽得侥幸呵,我就强他做个媳妇,管取他推不得。我且暂打睡一觉,听早晨传胪[78]的消息。(同末俱下)

【题解】

本剧全名《女状元辞凰得凤》,取材自《黄崇嘏春桃记》。一共五出,写五代时蜀人黄崇嘏为生活所迫,女扮男装,考中状元,授成都司户参军,因周丞相欲招之为婿,只得说出真情,周娶之作儿媳。

作者本人是个八试而不第却才华横溢的奇人。由他来写才子,自然游刃有余;由他来写才女,简直妙笔生花。在前面考试、判案两场戏,黄崇嘏的才能已经得到展现,在这场《试凤》中,更通过一个身居高位的男性长辈对她的由衷钦佩,把一个女子的才能推崇到无以复加的程度。最末一出的下场诗公然宣称:"世间好事属谁人,不在男儿在女子!"此剧可谓是大长女子志气的浪漫之作。结合《四声猿》中的另一部戏《雌木兰》看,作者虽仍拘于礼俗,如强调女扮男装只是"用权",但已从文武两方面比较全面地肯定了妇女的才能可以与男子媲美。另外,作者把周丞相写得这样通情达理,识才爱才,也寄托了作者怀才不遇的一生中的理想。

本出戏不仅表现黄崇嘏在书画琴棋"样样高的突兀",还通过她脱口暴露自己的女儿身份又巧妙遮掩来显示她的机智。同时,也使剧情更添波澜。另外,诸如"不过是小孩童图夜散书堂快"、"金谷老把乞儿拜"等语言,新鲜风趣。总的来说,作者的才华气质,使作品别具一种奔腾驰骋之势。

本出据周中明校注本排印。

【作者简介】

徐渭(1521—1593),字文长,浙江山阴(今绍兴)人,是个愤世嫉俗、狂傲不羁的大才子,后半生因受种种挫折刺激,患有精神病。他的诗文书画皆自树一帜,卓然大家。杂剧有《歌代啸》和搬演四个不同故事的《四声猿》。

【注释】

〔1〕乘龙：指佳婿。虎榜：即龙虎榜，同登一时知名人士的榜文。宋：指战国末期楚国的著名文学家宋玉。

〔2〕襄王：即楚襄王。宋玉的《高唐赋》写楚襄王游高唐，梦见巫山神女与之欢会。下文"秦楼弄玉"，参见《西厢记》注〔40〕。这段曲文以宋玉比女扮男装的黄崇嘏，弄玉比周丞相自己的女儿凤雏。

〔3〕"素有"句：东汉向长，字子平，隐居不仕，待子女婚嫁已毕，即恣游五岳名山，不知所终。见《后汉书·向长传》。

〔4〕远到之器：指前程远大的人才。

〔5〕指三件积压的疑案。

〔6〕辰：上午七时至九时。

〔7〕申文：下级给上级的报告。

〔8〕进过本：给皇帝上过奏章。

〔9〕黄科：黄崇嘏的跟班，亦女扮男装，实为崇嘏的乳母。

〔10〕休衙：下班。

〔11〕搵：塞。

〔12〕沙堤：唐代拜相时宰相走的路皆用沙铺。牒送：公文。

〔13〕黄天知：三起案子中的犯人之一，详见下注。

〔14〕理冤：为受冤屈者申冤。摘伏：摘奸发伏，使奸邪者得到惩办。

〔15〕"绑那妇人"句：指审理乌氏一案。乌氏被人控告通奸谋夫，黄崇嘏下令绑她出去斩首，又命黄科在围观者中潜听。果有一人负疚念佛。故立时放了乌氏，问出真凶。

〔16〕"把强盗"数句：指审黄天知案。毛屠告黄天知伪造驿丞的关防印信，黄崇嘏命人扮成强盗，到毛家尽搜其小盒小匣，内有黄天知以往到毛屠家支取猪肉的印票，发现所谓伪造的印信极小且刻有黄天知本人的名字，显然只是个私印而非伪造公印，案情由此理清。

〔17〕"那真可有"数句：指审真可有案。临邛卓家失盗，公人偏信谎言，先是假扮坏人想诱真可有搭伙以便套出贼子，真可有不干；时限一到公人便将真可有当贼抓了交差。黄崇嘏要他指出公人的住处，真因为从不曾答应他们的宴请而不知其住处。黄说如此便会继续蹲监，他也无奈。黄因此知他操行，不是真贼。不搭伴：不对头。

〔18〕张释之：汉文帝时曾任廷尉，执法公允。时称"张释之治狱，天下无冤民"。

〔19〕于定国：西汉汉宣帝时被提拔为廷尉，执法审慎，有疑案皆从轻处理，故世有"民也自谓不冤"之誉。

〔20〕做公的：指真可有案子中的公人。瞧不实：此案中向公人诬告真可有的人。

〔21〕攒盘：坐垫。

〔22〕文翁：西汉庐江舒(今安徽舒城)人，汉景帝末年任蜀郡守，崇教化，兴学校，凡

入学者得免除徭役，并以成绩优良者为郡县吏，对当地文化教育事业起了促进作用。诸葛武侯：即诸葛亮，曾被封为武乡侯，因称之为"诸葛武侯"。

〔23〕扬雄：蜀郡成都人，西汉词赋家。谯周：三国巴西西充(今四川阆中西南)人，曾任蜀汉的光禄大夫。陈子昂：梓州射洪(今四川射洪县)人，唐初文学家。李白：幼年随父迁居绵州昌隆(今四川江油县)。杜甫：河南巩县人。晚年曾流寓四川。

〔24〕卓文君琴台：相传是司马相如与卓文君夫妇弹琴释闷之处。故址在今成都西郊浣花溪。

〔25〕木兰：即替父从军的花木兰。

〔26〕倚马之才：比喻文思敏捷。《世说新语》载东晋时袁虎倚马便作七纸公文。

〔27〕石铭瘗(yì艺)鹤：梁天监十三年，华阳真逸撰《瘗鹤铭》，正楷字体，刻于石碑上。蛋(chài虿第四声)：蝎类毒虫，尾呈卷曲状，用以形容草书字体。银钩作蛋：晋索靖草书绝代，名"银钩蛋尾"。见《书苑》。

〔28〕子云：萧子云，南朝著名的书法家。

〔29〕铜深款识：本指古代钟鼎彝器上铸刻的文字，比喻写字的功夫殊深，万世不朽。铁屈珊瑚：此用以喻字体的铁画银钩，屈折奇异。薤(xiè卸)：指殷汤时仙人务光，据薤叶形作的薤叶篆。

〔30〕力压磨崖：形容笔力遒劲，足以压倒磨崖石刻。泥金：用金屑和胶水调成的金色颜料，用于贵重书画等方面，有青赤二色。糁(shēn深)绿牌：指青绿色。全句喻字体的高超隽美。

〔31〕"笼韦诞"句：韦诞，三国魏人，书法家。魏明帝造凌云殿，工匠误将未曾题字之匾额先装上梁。乃以长绳系笼，置诞笼中，以辘轳引上，离地二十五丈，令诞就匾书之。写毕，须发为之尽白。

〔32〕王郎怪：指晋代著名书法家王羲之的儿子王徽之。他曾任过黄门侍郎的官职，性情怪僻。

〔33〕题麟阁：汉代萧何于未央宫中造麒麟阁，汉宣帝时曾画霍光等十一位功臣的像于阁上，以表彰他们的功绩。见《汉书·苏武传》。后因以"题麟阁"表示功勋卓著。相公债：古代称宰相为"相公"。剧中人周庠任蜀相，故云。

〔34〕锦江：在四川境内。玉垒：山名，在四川灌县西北，众峰丛拥，景色迷人。全句取杜甫《登楼》："锦江春色来天地，玉垒浮云变古今。"

〔35〕鼎：古代立国的重器，三足。此指诸葛亮辅助刘备建立蜀国，形成鼎足三分的局面。刀布：古钱作刀形，钱欲流布，故称刀布。这里是喻文翁的恩德广泛分布。低回：留恋。全句取自杜甫《蜀相》。

〔36〕沉派：水势汪洋浩大，比喻学问的广博精深。

〔37〕题该：题辞概括。

〔38〕碑底龟螭(chī吃)：负碑的龟、龙形石雕，以表示吉祥。螭：没有脚的龙。

〔39〕四楹：厅堂前部的四根柱子。

〔40〕金谷老：晋代富豪石崇筑园于洛阳金谷，后因以"金谷老"作为富翁的代称。

〔41〕寡鹄：喻寡妇。"求凰"句：谓司马相如抚琴奏《凤求凰》曲向卓文君求爱之事早成历史陈迹。

〔42〕山花血：指满山开遍血红的杜鹃花。

〔43〕丝桐：指琴，因琴多用桐木和丝弦制成。出墓田黄菜：出自墓地的野菜，形容音调的凄凉悲哀。全句意为琴声仿佛从墓田黄菜中传出。

〔44〕清明：清明节，祭祖扫墓的日子。杜宇：即杜鹃鸟。比喻凄楚哀伤之音。寒食：清明前一或二日，家家户户不起炉灶，只吃冷食。棠梨：一种在清明节前后开白花的植物。春山黛：相传卓文君的眉毛像春山。

〔45〕采石：即采石矶，在今安徽省马鞍山市郊长江边上。吊古才：指李白，他过采石矶，写了著名的《夜泊牛渚怀古》诗。

〔46〕老词宗：犹文坛领袖。

〔47〕"文君"句：据《西京杂记》载，司马相如将聘茂陵女为妾，其妻卓文君作《白头吟》表示决绝，相如遂打消原意。

〔48〕四六：指以四字六字相间为句的文章，即骈俪文。

〔49〕蓂（míng 冥）荚：树名，从初一至十五每天生一荚，十六日以后每天落一荚，故视荚之数，可知何日。换蓂荚叶：指日月荏苒。

〔50〕"双兔"二句：出古乐府《木兰辞》："雄兔脚扑朔，雌兔眼迷离，双兔傍地走，安能辨我是雄雌！"扑朔、迷离，模糊不清。此借以比喻木兰与男子共同作战生活时，别人看不出她是女子。

〔51〕八骏：传说中周穆王的八匹骏马。牝牡：即雌雄；骊：黑色；黄：黄色。古时九方皋相马，只看马的气质，不在乎马的牝牡骊黄（即雄雌黑黄），后以"牝牡骊黄"比喻事物的表面现象。

〔52〕碧水：指湘江之水。黄陵：即今湖南省湘阴县北的黄陵山，湘水由此入洞庭湖，故称之为"碧水黄陵"。忝：有愧于。夫人之庙：指舜的两个妃子，葬于黄陵山，建有黄陵庙。此二句意为木兰祠可与黄陵庙比肩。

〔53〕曹娥：东汉孝女。父溺死于江，不得其尸，娥年十四，沿江号哭，昼夜不绝声，哭了十七天，投江而死。

〔54〕"看他年"三句：朱栏，绢纸之有红格者。字薛：字迹。碑阴：碑的背面，往往刻有碑文。曹娥为寻父尸，投江而死后，度尚为她作诔辞，立石碑。汉中郎将蔡邕读了度尚的诔文后，题"黄绢幼妇，外孙齑臼"八字，作为"绝妙好辞"的隐语。见《世说新语·捷悟》。这三句是称赞黄崇嘏文辞出众。

〔55〕红罗：指上梁时为求吉庆在梁上悬的红绸。豫章：两种木材名。

〔56〕"正好"句：谓诗文出众。五凤：洛阳高楼名。古人曾把一篇好文章比作一座

像五凤楼那样的好建筑。

〔57〕天街：旧称帝都的街道。蓦：跨。

〔58〕上梁文：是把横梁拉上时祭神的文字，其中有六处要念"儿郎伟"来打号子。儿郎伟：即男儿们。

〔59〕薛涛：唐蜀妓名，创制深红小笺。后人把八行红笺叫"薛涛笺"。

〔60〕青城山：在四川灌县西南。雪蛆：产于雪中的一种美味的食品。

〔61〕曹大家（gū gu）：指东汉班昭。曾奉命与马续共同续撰《汉书》。以其夫为曹世叔，故称为曹大家。谢道韫：东晋女诗人。

〔62〕写意：中国画中属于疏放一类的画法，与"工笔"对称。

〔63〕色：指色子，骰子。

〔64〕天籁：自然界的音响，用以形容琴声得自然之妙。活苔：形容画的色彩如活的苔类植物一样光泽鲜艳，栩栩如生。

〔65〕门墙：指师门。

〔66〕"你云龙"句：化用唐韩愈《醉留东野》诗中"吾愿身为云，东野变为龙"句，一身而兼云龙二物，比喻多才多艺。"孟郊"句：此是以孟郊自喻，以韩愈喻黄崇嘏，意为不敢自居师位。

〔67〕饷：与人食。䅟，通"稗"，一种似稗子的草。稗：稗子。此句谦言招待很差。

〔68〕数：多。珠玑数：以珍珠比喻文字的晶莹可爱、华贵优美。

〔69〕南宫：宋大书画家米芾。生平爱石，掌管无为军的时候，知道官邸有奇石，米拜之，呼为兄。

〔70〕乌鬼黄鱼：杜甫《戏作俳谐体遣闷二首》："家家养乌鬼，顿顿食黄鱼。"乌鬼指何物，前人说法不一，《漫叟诗话》云川人呼猪作乌鬼声。此句借杜诗中成句代指肉和鱼。琥珀：酒色浓而透明状。醅：未滤过的酒。琥珀醅：美酒。

〔71〕润笔：请人作诗文书画的稿酬。

〔72〕魁星：神话中主宰文运兴衰的神，又称"奎星"。

〔73〕"折戟"句：杜牧《赤壁》诗："折戟沉沙铁未销，自将磨洗认前朝。东风不与周郎便，铜雀春深锁二乔。"以下数句即用此诗，仅此句将"未"字改成"半"字。

〔74〕郡掾（yuàn院）：郡守的属官。

〔75〕卓尔：高超、特出。

〔76〕坦腹：见《绿牡丹》注〔13〕。

〔77〕湖阳公主：东汉光武帝姐。新寡，要嫁大司马宋弘，宋弘不愿弃其故妻，未成。此借以喻婚事不谐。

〔78〕传胪：科举时代殿试后宣布录取时的唱名，称为"传胪"。

文 姬 入 塞

陈与郊

（生扮官服小黄门[1]持节引侍女从人上）风劲角弓鸣，军麾动洛城。人惊青凤去，天借白云迎[2]。下官是汉朝曹丞相门下走动的一个小黄门是也。则为蔡中郎[3]单生一女，名呼蔡琰，字曰文姬，前日乱军中，没入左贤王[4]帐下。俺丞相近日从一驿中经过，见壁上有半段小词，却是那蔡文姬从汉入胡，题愁写恨者。那词道："初离汉甸心将碎，幽情绵绵，春日如年，马上时时闻杜鹃。"[5]俺丞相看看罢此词，不觉感叹了一回，当时也作一歌行，伤其流落。中间有两句道："敲干鸾凤和胶髓，扑碎骊龙照乘珠。"[6]那一日门下官员好些流泪，好些太息。昨日俺丞相又道是，中郎有女，蔡琰无辜，待移粪上之英，仍作匣中之玉[7]。续成青史[8]，完一代文章；免陷黄沙，恨千秋罗绮[9]。奏过宫里。差下官带着侍女，赍着[10]黄金百镒，锦缎千端，赎取蔡夫人还朝，不免走一遭也。蔡夫人！

【红衲袄】你只合弄琼箫，贮着帝子台[11]。却缘何抱冰弦，守着夫人寨[12]。便有碧玉蹄飞不出黄龙界[13]，紫貂裘温不透红杏腮。塞鸿书何处裁，胡笳泪何处洒[14]。（云）蔡夫人，蔡夫人，你本是翠帏班马，倒做了玉帐姬姜[15]。（唱）可不道埋没了丰城贯斗才[16]。

（白）想古人那有这般堪恨来。

【前腔】怎比着闭长门生绿苔，怎比着嫁穹庐啼紫塞[17]。可知你冰雪怀洗向琉璃海，那里管鹧鸪天吹翻鹦鹉杯[18]，你肯把曲河肠在弦上摔，大刀心做爨下灰[19]。（云）因此上俺丞相呵，（唱）使我向离骚买将兰蕊回[20]。（下）

【齐天乐】（旦扮蔡文姬引婢上）蛾眉自困龙城[21]也，怕问洛阳枝叶。匣玉墙英，胡霜汉月，总是命儿薄劣。（贴）雁儿嘹亮，风儿叫吼，梦儿虚怯。（合）忽报春雷，乍惊春燕也惊蛇[22]。

【浣溪纱】(旦)弦上依稀见泪痕，王庭[23]风雪易黄昏，远情深恨与谁论。(贴)记得当年寒食近，延秋门外卓金轮[24]，(旦)日斜人散暗消魂。

(贴)娘娘叩头，(旦)青衣[25]起来。妾乃蔡文姬是也。自堕军中，辱在左贤王帐下，偷延数载，岂惜一生。则为先中郎玉萧条[26]，琴书散失，因此上强厚春风之面，丐命穹庐；图归月下之魂，致情丘垅[27]。青衣，倘终已矣，宁不悲哉。(贴)娘娘省烦恼，见说南朝差一位官员，来请娘娘去也。(旦)那里有这等事，这话从那里来的。(贴)昨日前帐传来。有一位官员，来见大王爷，他说道奉着汉天子诏令，车金辇绣，赎取娘娘还朝。(旦)果有这等事来，谢天谢地，得还乡井，到先中郎墓下，便一盂麦饭，也不枉了几载偷生。青衣，你看我汉家装束来。(更衣冠介)

【红衲袄】(旦)我则道绣罗襦叠破了褶，翠云翘[28]断送些。苜蓿惊沙，葫芦乱雪[29]，捱结果异乡日月。谁知道丹凤书从天上跌，似黄粱梦向枕上撇[30]。(云)这般天大样一桩喜事，(唱)若不是些个恼人肠，把满镜愁都扫彻。

【前腔】(贴云)娘娘，(唱)往常时则见你望秦关，伤汉月[31]。今日里可待离龙城，还凤穴。一声声刚歇着咨嗟，一点点又湿着腮颊。(云)待青衣猜一猜，前者珠玉泥沙，人怀痛恨，今番归国，未免倒添了些些，(唱)敢怕为道路流传似画蛇[32]？(旦云)也不是，(贴云)玉帐貂裘，倘亦有并州故乡之意[33]。(唱)早难道邯郸唤醒还迷蝶[34]？(旦云)一发不是，则这小王子放心不下，以此痛心。(贴唱)元来为这根苗。(云)母子天性，(唱)可知那肠儿有一万结。

(旦)你再去打听，那官员消息是实否？(应介)

【霜天晓月】(生仍持节[35]带侍女从人上)侵星际夜[36]，踏遍关山月。莫道黄金贱也，狄宫曾把春赊[37]。

(相见拜叩头介)(旦)大人何来？(生)蔡夫人，下官是汉使小黄门。曹丞相因念令先君是绝代儒宗，夫人是名公爱子，不忍埋没这白草黄云之外。以此奏过宫里，差下官赍带黄金百镒，锦段千端，赎取夫人还朝。适

间已送上左贤王,都收下了。分付驾车一辆,射手百人,送夫人归国。(旦)大王爷怎么说?(二卒)启娘娘,大王爷传令,汉天子有诏,不敢不从。今日恰好是大单于[38]诞日,随班进贺,不得亲送娘娘,着把都儿[39]护送到关。(旦)知道了。如此上谢大王,下谢曹丞相,先中郎虽在九泉之下,不忘结草衔环[40]。只一件,奴家有个孩儿,与他一别,即便上车。把都儿,前帐去请小王子来。(众应介)(生)蔡夫人,这也不须留恋了。(旦)黄门大人,

【青衲袄】我待把孽根儿抛弃者,泪珠儿搵住些,争奈母子心肠自盘蹉[41]。也知道生得胡儿羞汉妾,话到舌尖儿,又待说,又软怯,待要歇,怎忍歇。一寸柔肠便一寸铁也,痛的似痴绝。

【前腔】(生云)蔡夫人,(唱)劝你把一天愁替咱打叠,直恁的越情牵、楚思结[42],送将归的流水漫呜咽。(云)蔡夫人,你既痛小王子,倒不如不见他罢,(唱)见他还痛嗟,你待觅半缄离恨赦,却早领一道追魂索命牒,枉了那些周折,便把百般心、千遍说,只落得将人不去将愁去也。

　　(小旦金冠抹额扮小王子上)(众报)小王子来也。(小旦作跪抱介)娘娘,你这般装束,待往那里去来?(贴)汉朝中差一位近臣,请取娘娘回京。(旦)孩儿,

【二郎儿慢】归朝者、叹婴儿向龙荒[43]割舍,我一霎地衷肠乱似雪,这地北天南,可是等闲离别。渺渺关山千万叠,便是梦魂儿飞不到也。(生云)蔡夫人,你是南国名家,小王子是北胡孽子,那里苦苦恋他。(旦唱)任胡越[44],手中十指长短总疼热。

【莺集御林春】(小旦)却才的说得伤嗟,野鹿心肠[45]断绝。母子们东西生死别。(旦云)你自有你爹爹在哩。(小旦唱)父子每觉严慈差迭[46],(云)娘娘,(唱)腹生手养,一步步难离,怎向前程歇?明夜冷萧萧,是风耶雨耶,教我娘儿怎宁贴。

【前腔】(生、贴云)夫人,(唱)刚道是旧恨才平,这新恨又叠,梓里[47]

沙场难两撇。怕断送恁弱枝衰叶，我相看泪洒，你自合不啼清泪啼清血[48]，离和合，死和生，总是你娘儿那前劫[49]。

（旦）黄门大人，我那孩儿呵。

【前腔】他须是黄口雏儿[50]，怎解人罗网下设。（云）青衣，（唱）他水草牛羊漂泊夜，怕不免卧冰餐雪。（生云）不是下官劝夫人，今日呵，正是寒泉更洗沉泥玉，明烛重燃煨烬灰。悲喜重轻，自当排遣。（旦云）黄门大人，（唱）似这样灯儿再爇[51]，倒不如煨烬从灰灭。（云）孩儿，常言道，一息不相知，何况异乡别。（唱）正生死不相知，何处娘儿诉磨折。

（小旦作牵衣介）（旦）你放手者，（小旦）娘娘。

【前腔】我落得哭哭啼啼，你则待闪闪撇撇。（贴云）娘娘这般痛着王子，王子又这般样恋着娘娘，只是今日哩，剑合珠还[52]，也顾不得许多了。王子，你放手罢。（小旦云）天！娘娘去后呵，（唱）那时节两两攒眉空向月，争得似手持衣曳。娘娘，你此去家山那些，把姓名枝派从头说，待刺血写书儿，倘上林有雁飞越[53]，与孩儿寄纸问安帖。

【四犯黄莺儿】（旦云）孩儿，（唱）你一点类痴呆，却十分能哽咽，（云）到此也不得不说了，家住陈留，身名蔡琰，俺爹爹蔡中郎，是汉室大儒。（唱）陈留蔡氏中郎舍。（云）儿生为别世之人，死为异域之鬼，你那里寄什么书。（唱）枉问半歇，怎寄半折，（云）你还有你爹哩，我此去北里无贤兄，东邻无小姑。（唱）痛煞我月明乌鹊无枝叶[54]，肠似乱结，心似搅切。（云）从今后，你则知你苦，我则知我苦，说也没用。（唱）一星星向伊浪说。

【前腔】（生、贴）早驾着碧油车[55]，晓光寒，塞路赊。（云）请夫人早早登程。（唱）今夜里河津咫尺参商别。（云）夫人，（唱）挟不飞鸿鹄[56]这孽，（云）小王子，（唱）跳不出豺虎那穴。（云）死别生离，总是付之无奈。（唱）死前何异生前别。（众报云）已到玉门关了。（生、贴唱）玉关免涉，泪珠省惬[57]，两下打开忧慑。

（旦、小旦作哭介）天那！

【尾声】一声痛哭咽喉绝，蘸霜毫把中情曲写，便是那十八拍胡

筛还无一半也。

(生)怜君何事到天涯,(旦)结子翻教怨落花。

(贴)临水自伤流落久,(小旦)马蹄今去人谁家。

【题解】

蔡文姬是古代中国一位难得的才女,在动荡的年代里,本身的经历就是很好的传奇故事。由于史料缺乏,关于她在匈奴时的思想感情后人不得而知,文人写作时自然受本时代思想的影响。比如曹雪芹的祖父曹寅的《后琵琶》就着眼于"风化"。

本剧是表现母爱的优秀短剧,它省去文姬与左贤王别离的场面,着力表现母子之情,既惜墨如金,又泼墨如云。在文姬的内心,既有铭心刻骨的母爱,也有历史深远的民族偏见。本剧充分抒发出那因母爱而眷恋,因生离而无奈的内心痛苦。母爱超越民族偏见,闪烁着人性的光辉,但终于被民族隔离所摧残,这是历史真实,也是艺术真实。

戏曲发展到明代,由于文人染指者多,风格愈趋绮丽,甚至连牛童马走都骈四俪六,出口成章,这是违反生活的真实的。本剧的蔡文姬是一代才女,在她的曲白里用些典故,数些文采,反而显得本色。作为文学读物来看,也更赢得文士们的欣赏。在戏曲创作上还有个特点,即一面配合音律,化用前人诗词中名章秀句,如杜诗辛词入曲,又加之以接近口语的衬字与说白,使之通俗化;一面提炼口语,如"小鹿儿心头撞"、"鲜花插在牛粪上"等,使之典雅化,这就收到了雅俗共赏的效果。

本出据《盛明杂剧》本移录,参考周贻白注本。

【作者简介】

陈与郊(1545—1612),浙江海宁人,万历间进士,官至太常少卿。所著杂剧还有《昭君出塞》、《义犬记》,另有传奇数种。

【注释】

〔1〕黄门:指宦官。

〔2〕风劲角弓鸣:出自唐王维《出猎》。"人惊青凤去":借指文姬被没入匈奴。"天借白云迎":借指汉朝派使者迎回文姬。

〔3〕蔡中郎：见《琵琶记》题解。

〔4〕左贤王：匈奴贵臣的号，在此是蔡文姬在匈奴的丈夫。

〔5〕汉人无词，"初离"数句借用五代后蜀花蕊夫人〔采桑子〕词，词中"汉旬"原作"蜀道"。汉旬：汉族地区。

〔6〕敲干鸾凤和胶髓：传说中鸾凤的胶可以续断弦，因此敲干它的骨髓来煎胶。骊龙：黑龙，颔下有千金之珠；照乘：说珠光可以照见车乘。此二句形容蔡文姬是难得的人才，却遭到摧残。曹诗中无此句，当为作者自撰。

〔7〕"待移"二句，用石崇《明君辞》"昔为匣中玉，今为粪上英"句。

〔8〕续成青史：指完成蔡邕遗著汉史。

〔9〕罗绮：女子用的丝织品，在此指代蔡文姬。全句意为：免得蔡文姬埋没于黄沙之中，使千古女子为之抱恨。

〔10〕赍(ji基)着：怀着，带着。

〔11〕贮：疑为"住"之误。全句借用秦穆公的女儿弄玉在秦楼吹箫的典故。

〔12〕冰弦：指琵琶。夫人城：东晋时，符坚攻梁州，刺史朱序的母亲韩氏筑城守御，世称夫人城。

〔13〕黄龙：金国都城。汉时所无，在此是借用。碧玉蹄：借指马。

〔14〕胡笳泪：古代边塞之区，以芦叶卷而吹之，随舌转音，名胡笳。蔡琰曾就其音节，填入词句，以写其幽怨，名胡笳十八拍，此处即指其事。

〔15〕"你本是翠帏班马"二句：意说你本是词中才女，倒做了毡帐里的姬妾。班马：班固、司马迁的合称。姬姜：春秋时鲁齐二国姓，这两姓世为婚姻。

〔16〕丰城：在今江西省内。斗：指北斗。西晋时张华望见丰城有剑气上贯北斗，命人挖之，果得宝剑。

〔17〕长门：汉宫名，陈皇后失宠时居于此。穹庐：草原大毡帐。紫塞：指匈奴的边塞。杜甫的《昭君村》有"一去紫台连朔汉，独留青冢向黄昏"句。紫台即紫塞。后句用昭君典故。

〔18〕冰雪怀：形容聪明资质。琉璃海：形容冰天雪地。鹧鸪天、鹦鹉杯：词调名。

〔19〕此二句意为在琴上发泄满腹心事，对回乡不抱任何希望。曲河肠：像黄河九曲那样的悲怀。因大刀头上有环，与"还"谐音，故大刀心作"还乡之愿"解。曩，见《琵琶记》注〔8〕。

〔20〕使我向离骚买将兰蕊回：《离骚》中多次提到兰蕊之类的香草，用以比喻有美德的君子。

〔21〕龙城：汉时匈奴大会祭天的地方。

〔22〕乍惊春燕也惊蛇：以春雷惊蛰比喻汉朝派使者来迎她的喜讯。

〔23〕王庭：指匈奴龙庭。

〔24〕寒食：见《女状元》注〔44〕。延秋门：汉代未央宫西门。卓：指停车。金轮：指贵族郊游的车子。

〔25〕青衣：婢女。

〔26〕兰玉：芝兰玉树，比喻人家的好子弟。蔡邕无儿，故说他兰玉萧条。

〔27〕此化用杜甫咏昭君诗："画图省识春风面，环佩空归夜月魂"句意。

〔28〕翠云翘：指头饰。

〔29〕苜蓿：草本植物，古人多用作马的饲料。葫芦：疑为荻芦之误。荻芦：禾本科植物，花絮似雪，随风起舞。

〔30〕丹凤书：朝廷诏书。黄粱梦：唐有小说《枕中记》，写卢生在邯郸逆旅中遇道者吕翁正蒸黄粱，翁授之以枕，使其在梦中历尽荣华富贵，醒时黄粱尚未熟，后以黄粱梦泛指美梦。

〔31〕望秦关、伤汉月：化用唐王昌龄"秦时明月汉时关"句意。

〔32〕"敢怕"句：问文姬是不是因为曾嫁胡人，怕一路上的流言蜚语，如画蛇添足。

〔33〕并州：在今山西汾水中游地区。全句化用贾岛《渡桑乾》中"无端更渡桑乾水，却望并州是故乡"句意，问文姬是否把匈奴看成第二故乡不忍离开。

〔34〕"早难道"句合用黄粱梦（见注〔30〕）与庄周梦蝶典故。后者指庄周梦醒不知是庄周化蝶抑或蝶化庄周事。

〔35〕持节：古代出使外邦，必须持节以为信，节为仪仗的一种，形似弯头拐杖，头上系长绳，绳上分节扎以牦牛尾，名节旄。

〔36〕侵星际夜：星夜赶行。

〔37〕莫道二句：意说黄金可以赎回文姬。狄宫：匈奴的宫殿，此指左贤王的大帐。

〔38〕大单于：匈奴各部的大君主。

〔39〕把都儿：蒙古语，意为勇士。

〔40〕结草衔环：见《拜月亭》注〔32〕。

〔41〕盘踅（xué学）：萦绕，牵挂。

〔42〕越情牵、楚思结：意指对异地生活的留恋。楚越，春秋时异姓二国名。

〔43〕龙荒：边塞荒凉之地。

〔44〕胡越：北胡南越，借指匈奴与汉族。

〔45〕野鹿心肠：化用俗语"小鹿儿心头撞"意。

〔46〕严慈差迭：父严母慈毕竟不同。

〔47〕梓里：故乡。

〔48〕不啼清泪啼清血：用辛弃疾〔贺新郎〕词："啼鸟还应知此恨，料不啼清泪长啼血。"

〔49〕前劫：前生劫数。

〔50〕黄口雏儿：未断乳的婴孩。

〔51〕爇(rè热)：点燃。

〔52〕剑合珠还：剑合指春秋时吴国的干将、莫邪二宝剑长久失散，至西晋又合到一起。珠还：汉代合浦产珠，因官吏贪污，珠多流入交趾地界，孟尝任合浦太守，革除积弊，珠皆复还，后世用以喻失而复得。

〔53〕上林有雁飞越：用苏武雁足传书故事。

〔54〕月明乌鹊无枝叶：此用曹操诗"月明星稀，乌鹊南飞；绕树三匝，何枝可依"句意。

〔55〕碧油车：即油壁车，一种以油涂壁的车。

〔56〕鸿鹄：一种大鸟。比喻小王子，不易挟其共飞。

〔57〕省惙(chuò辍)：停止进流。

牡 丹 亭

汤显祖

第十出 惊 梦

（旦〈杜丽娘〉上，唱）

【绕地游】梦回莺啭，乱煞年光遍[1]，人立小庭深院。（贴）炷尽沉烟，抛残绣线，恁今春关情似去年[2]。

〔乌夜啼〕“（旦）晓来望断梅关[3]，宿妆残。（贴〈春香〉）你侧着宜春髻子[4]，恰凭阑。（旦）剪不断，理还乱[5]，闷无端。（贴）已分付催花莺燕，借春看。”（旦）春香，可曾叫人扫除花径？（贴）分付了。（旦）取镜台衣服来。（贴取镜台衣服上）云髻罢梳还对镜，罗衣欲换更添香[6]。镜台衣服在此。（旦唱）

【步步娇】袅晴丝吹来闲庭院[7]，摇漾春如线。停半晌整花钿，没揣菱花，偷人半面，迤逗的彩云偏[8]。（行介）步香闺怎便把全身现？（贴）今日穿插的好。（旦唱）

【醉扶归】你道翠生生出落的裙衫儿茜，艳晶晶花簪八宝填，可知我常一生儿爱好是天然，恰三春好处无人见[9]。不提防沉鱼落雁鸟惊喧，则怕的羞花闭月花愁颤[10]。

（贴）早茶时了，请行。（行介）你看：画廊金粉半零星，池馆苍苔一片青。踏草怕泥新绣袜，惜花疼煞小金铃[11]。（旦）不到园林，怎知春色如许？（唱）

【皂罗袍】原来姹紫嫣红开遍，似这般都付与断井颓垣[12]。良辰美景奈何天，赏心乐事谁家院[13]。恁般景致，我老爷和奶奶再不提起。（合）朝飞暮卷[14]，云霞翠轩；雨丝风片，烟波画船。锦屏人忒看的这韶光贱[15]。

（贴）是花都放了[16]，那牡丹还早。（旦唱）

【好姐姐】遍青山啼红了杜鹃[17]，荼蘼外烟丝醉软。春香呵，牡丹虽好，他春归怎占的先？（贴）成对儿莺燕呵。（合）闲凝眄，生生燕语明如剪，呖呖莺歌溜的圆。

（旦）去罢。（贴）这园子委是观之不足也。（旦）提他怎的？（行介，唱）

【隔尾】观之不足由他缱[18]，便赏遍了十二亭台是枉然，到不如兴尽回家闲过遣。

（作到介）（贴）开我西阁门，展我东阁床[19]。瓶插映山紫[20]，炉添沉水香。小姐，你歇息片时，俺瞧老夫人去也。（下）（旦叹介）默地[21]游春转，小试宜春面。春呵，得和你两留连，春去如何遣？咳！恁般天气，好困人也。春香那里？（左右瞧介）（又低首沉吟介）天呵！春色恼人，信有之乎？常观诗词乐府，古之女子，因春感情，遇秋成恨，诚不谬矣。吾今年已二八，未逢折桂[22]之夫；忽慕春情，怎得蟾宫之客？昔日韩夫人得遇于郎，张生偶逢崔氏，曾有《题红记》、《崔徽传》二书[23]。此佳人才子，前以密约偷期，后皆得成秦晋[24]。（长叹介）吾生于宦族，长在名门，年已及笄[25]，不得早成佳配，诚为虚度青春。光阴如过隙耳，（泪介）可惜妾身颜色如花，岂料命如一叶乎！（唱）

【山坡羊】没乱里春情难遣，蓦地里怀人幽怨[26]。则为俺生小婵娟[27]，拣名门一例一例里神仙眷，甚良缘把青春抛的远！俺的睡情谁见？则索因循腼腆，想幽梦谁边，和春光暗流转。迁延，这衷怀那处言？淹煎，泼残生除问天[28]。

身子困乏了，且自隐几[29]而眠。（睡介）（梦生介）（生〈柳梦梅〉持柳枝上）莺逢日暖歌声滑，人遇风情笑口开。一径落花随水入，今朝阮肇到天台[30]。小生顺路儿跟着杜小姐回来，怎生不见？（回看介）呀！小姐，小姐。（旦作惊起相见介）（生）小生那一处不寻访小姐来，却在这里。（旦作斜视不语介）（生）恰好花园内折取垂柳半枝，姐姐，你既淹通书史，可作诗以赏此柳枝乎？（旦作惊喜，欲言又止介）（背云）这生素昧平生，何

因到此?(生笑介)小姐,咱爱杀你哩。(唱)

【山桃红】则为你如花美眷,似水流年。是答儿[31]闲寻遍,在幽闺自怜。小姐,和你那答儿讲话去。(旦作含笑不行)(生作牵衣介)(旦低问介)那边去?(生)转过这芍药栏前,紧靠着湖山石[32]边。(旦低问)秀才,去怎的?(生低答)和你把领扣松,衣带宽,袖梢儿揾着牙儿苫[33]也,则待你忍耐温存一晌眠。(旦作羞)(生前抱)(旦推介)(合)是那处曾相见,相看俨然,早难道[34]这好处相逢无一言。

　　(生强抱旦下)(末扮花神束发冠红衣插花上)催花御史[35]惜花天,检点春工又一年。蘸客伤心红雨下[36],勾人悬梦彩云边。吾乃掌管南安府后花园花神是也。因杜知府小姐丽娘,与柳梦梅秀才,后日有姻缘之分。杜小姐游春感伤,致使柳秀才入梦。咱花神专掌惜玉怜香,竟来保护他,要他云雨十分欢幸也。(唱)

【鲍老催】单则是混阳蒸变,看他似虫儿般蠢动把风情搯,一般儿娇凝翠绽魂儿颤[37]。这是景上缘,想内成,因中见[38]。呀!淫邪展污了花台殿。咱待拈片落花儿惊醒他。(向鬼门[39]丢花介)他梦酣春透了怎留连?拈花闪碎的红如片。

　　秀才,才到得半梦儿,梦毕之时,好送杜小姐仍归香阁。吾神去也。(下)
　　(生旦携手上)(生唱)

【山桃红】这一霎天留人便,草藉花眠。(白)小姐可好?(旦低头介)(生)则把云鬟点,红松翠偏。小姐,休忘了呵,见了你紧相偎,慢厮连,恨不得肉儿般团成片也。逗的个日下胭脂雨上鲜。(旦)秀才,你可去呵?(合)是那处曾相见,相看俨然,早难道这好处相逢无一言。

　　(生)姐姐,你身子乏了,将息将息。(送旦依前作睡介)(轻拍旦介)姐姐,俺去了。(作回顾介)姐姐,你可十分将息,我再来瞧你那。行来春色三分雨,睡去巫山一片云。(下)(旦作惊醒,低叫介)秀才,秀才,你去了也。(又作痴睡介)(老旦〈杜母〉上)夫婿坐黄堂[40],娇娃立绣窗。怪他裙衩上,花鸟绣双双。孩儿,孩儿,你为甚瞌睡在此?(旦作醒,叫秀才介)咳也!(老旦)孩儿怎的来?(旦作惊起介)奶奶到此。(老旦)我儿何不做些针指,或观玩书史,舒展情怀?因何昼寝于此?(旦)儿适花园中闲玩,忽值春喧恼人,故此回房。无可消遣,不觉困倦少息。有失迎接,望母亲恕儿之罪!(老旦)孩儿,这后花园中冷静,少去闲行。(旦)领母亲严命。(老旦)孩儿,学堂看书去。(旦)先生不在,且自消停[41]。(老旦叹介)女孩儿家长成,自有许多情态,且自由他。正是:宛转随儿女,辛勤做老娘。(下)(旦长叹介)(看老旦下介)哎也,天那!今日杜丽娘有些侥幸也。偶到后花园中,百花开遍,睹景伤情。没兴而回,昼眠香阁。忽见一生,年可弱冠[42],丰姿俊妍。于园中折得柳丝一枝,笑对奴家说:姐姐既淹通书史,何不将柳枝题赏一篇?那时待要应他一声,心中自忖,素昧平生,不知名姓,何得轻与交言。正如此想间,只见那生向前说了几句伤心话儿,将奴搂抱去牡丹亭畔,芍药栏边,共成云雨之欢。两情和合,真个是千般爱惜,万种温存。欢毕之时,又送自睡眠,几声将息。正待自送那生出门,忽值母亲来到,唤醒将来。我一身冷汗,乃是南柯一梦[43]。忙身参礼母亲,又被母亲絮了许多闲话。奴家口虽无言答应,心内思想梦中之事,何曾放怀?行坐不宁,自觉如有所失。娘呵,你叫我学堂看书,知他看那一种书消闷也?(作掩泪介)(唱)

【绵搭絮】雨香云片,才到梦儿边。无奈高堂,唤醒纱窗睡不便。泼新鲜,冷汗黏煎。闪的俺[44]心悠步嚲,意软鬟偏。不争多费尽神情,坐起谁忺则待去眠[45]。

(贴上)晚妆销粉印,春润费香篝[46]。小姐,熏了被窝睡罢。(旦唱)

【尾声】困春心,游赏倦,也不索香熏绣被眠。天呵,有心情那梦儿还去不远。

春望逍遥出画堂,间梅遮柳不胜芳。

可知刘阮逢人处,回首东风一断肠[47]。

(同下)

【题解】

本剧根据话本《杜丽娘慕色还魂记》改编。杜丽娘是南安太守杜宝的女儿,在礼教的限制下,她终日只能在闺中做女红、读圣贤书。一天她偷偷去游后花园,在满园春色中梦见一位书生在牡丹亭畔和她幽会。从此她一病不起,怀春而亡。家人遵其遗嘱葬之后花园梅树下。不久丽娘梦中的书生柳梦梅游学至此,拾得丽娘的自画像,思慕不已,终得与丽娘幽灵相会,并使之起死回生。杜宝不肯承认女儿婚事,最后由皇帝降旨完婚。

明代的封建礼教特别厉害,然而禁果也越甜。丽娘长到了成熟的年龄,这是一个自主意识与性爱意识共同萌发的年龄。但是自主也好,性爱也好,都与程朱理学格格不入。丽娘不能向旁人说出她心中的渴望与苦闷,却在大自然的感发下看清楚自己青春虚度的可悲现实,因此才有了幽会的梦幻。在本折中,自然、自由、情爱,在丽娘眼里美丽而珍贵,却可望而不可及。作者把他对这种心灵悲剧的深刻而细腻的感受,写成美丽、婉转的情曲。作者又精心设计科介这类不大受人重视的舞台提示,寥寥数字便使人物神态如在眼前。这一切使本折成为越琢磨越有味道的好戏。当然,也正是程朱理学的猖獗,促进这部思想与才情高度结合的杰作,它犹如火种,投入森严的封建禁锢下青年男女的心,引起强烈反响。相传娄江俞二娘、杭州冯小青等的悲剧故事都是由此生发出来的。

本出据《中国戏曲选》移录,参考徐朔方注本。

【作者简介】

汤显祖(1550—1616),字义仍,号若士,江西临川人,明代伟大的戏曲作家。作品有"玉茗堂四梦"(《紫钗记》《牡丹亭》《南柯记》《邯郸记》)和《紫箫记》。

【注释】

〔1〕乱煞年光遍:缭乱的春光到处都是。

〔2〕沉烟:沉香。关情:情牵意惹的意思。

〔3〕梅关:在大庾岭,宋代在此开设关城。

〔4〕宜春髻子:一种发式。相传立春那天,妇女剪彩色丝绸成燕子形,上贴宜春两字,戴在髻上。

〔5〕"剪不断"二句：见于南唐李煜〔相见欢〕词。

〔6〕"云髻罢梳还对镜"二句：见于薛逢《宫词》诗。

〔7〕晴丝：指烟丝或虫类所吐的丝缕，飘游于空中，春晴时易见。

〔8〕花钿：鬓发两边的装饰物。没揣：想不到。彩云：美丽的发卷。全句意为想不到镜子(拟人化)偷偷地照见了她，害得(迤逗的)她羞答答地把发卷也弄歪了。

〔9〕茜(qiàn欠)：鲜明意。八宝：形容宝石种类之多。爱好：爱美。天然：天性使然。三春好处：比喻青春美貌。

〔10〕沉鱼、落雁、羞花、闭月：在通俗文学中分别用来形容西施、王昭君、杨玉环、貂蝉的美丽。

〔11〕泥：作动词用，沾污意。惜花疼煞小金铃：用天宝初宁王后花园中为防鸟伤花以铃惊之的典故。

〔12〕姹(chà岔)紫嫣红：形容花色鲜艳。断井颓垣(yuán元)：干枯的井，坍塌的墙壁。

〔13〕谁家：哪一家。"良辰美景"二句，本于谢灵运《拟魏太子邺中集诗序》："天下良辰美景赏心乐事，四美难并。"后人合称为四美。

〔14〕朝飞暮卷：本自唐王勃《滕王阁诗》："画栋朝飞南浦云，珠帘暮卷西山雨。"

〔15〕锦屏人：深闺中人。韶光：美丽的春光。

〔16〕是：凡是，所有的。

〔17〕啼红了杜鹃：用杜鹃啼血的传说，形容杜鹃花的遍开。

〔18〕缱：留恋、缠绵。

〔19〕"开我西阁门"二句本自《木兰诗》。

〔20〕映山紫：又名山踯躅，形似杜鹃，但开花稍迟，色红紫。

〔21〕默地：沉默地。

〔22〕折桂：比喻科举及第，下句蟾宫意同。

〔23〕韩夫人得遇于郎：为《题红记》本事。韩夫人名翠屏，上阳宫女。因在红叶上题诗抒怀，被于佑拾得，终成良缘。张生偶逢崔氏：为《西厢记》本事，参看《西厢记》题解。《崔徽传》：疑是《莺莺传》的笔误。

〔24〕偷期：幽会。秦晋：春秋时秦、晋两国世为婚姻，后因称两姓联婚为秦晋之好。

〔25〕笄(jī机)：束发用的簪子。古代女子十五岁开始以笄束发，表示到了婚配的年龄，叫及笄。

〔26〕没乱里：形容心绪之乱。蓦地里：忽然间。

〔27〕生小婵娟：指自小就聪明伶俐。

〔28〕淹煎：受熬煎。泼残生：苦命儿。

〔29〕隐几：靠着几案。

〔30〕阮肇到天台：相传刘晨与阮肇在天台山遇见仙女，末句"刘阮逢人处"亦用此典。

〔31〕是答儿：到处。下文的"那答儿"：那边。

〔32〕湖山石：太湖出产的怪石。

〔33〕袖梢儿揾着牙儿苫：牙儿咬着衣袖角。害羞、忍痛的样子。

〔34〕早难道：即难道，语气较强。

〔35〕催花御史：相传唐宫有惜花御史，料理盛开的鲜花，这里借用。

〔36〕蘸：指落花（红雨）沾在人身上。

〔37〕"单则是混阳蒸变"三句：从花神眼中形容杜丽娘与柳梦梅的梦中幽会。

〔38〕"景上缘"三句：佛家说法，景上缘，想内成，比喻这姻缘仅是一梦幻；因中见，谓一切事物均由因缘造成。景：影。见：现。

〔39〕鬼门：戏台上演员的上下场门。

〔40〕黄堂：汉代太守的厅堂。

〔41〕消停：休息。

〔42〕弱冠：男子到二十岁行弱冠礼。

〔43〕南柯一梦：唐传奇中有淳于棼梦见自己被大槐安国国王招为驸马，做南柯太守故事，后以南柯指代梦。

〔44〕闪的俺：弄得我，害得我。步躚（duǒ朵）：脚步偏斜。

〔45〕不争多：差不多，几乎。忺（xiān掀）：适意。

〔46〕香篝：即薰笼，薰香用。

〔47〕后四句是集唐人张说、罗隐、许浑、韦庄诗句。

绿 牡 丹

吴 炳

第十八出 帘 试

（场上先摆试桌）（净〈柳五柳〉上）不是一番寒彻骨,怎得梅花扑鼻香[1]? 我柳五柳[2]为小姐亲事,只得早来听考。出的题目原是"绿牡丹",已付苍头叫小谢[3]做去了。只恐小姐利害,一双娇滴滴的秋波,端端只射着帘外,不比前次会长老人家,凭我朦胧[4]。若再叫苍头传送,可不自露破绽? 不免就叫车大做这件事,小姐定不疑心。好计,好计! (叫介)车大! (丑〈车大〉应上)若要娶妻皆面考,今生情愿再无妻。你做文字罢了,叫唤怎的? (净)有事奉央。少停苍头拿一绺纸[5]来,烦你悄悄送来与我。(丑笑介)这是传递了。(净)不要则声,恐令妹听见。(丑)还不曾出来。(净)没奈何,只得央你,成就此事,沈家的亲准准让与你了。(丑笑介)也罢,将就帮衬你一遭儿。(净望介)帘内影动,想是令妹来了。(丑闪下)(旦〈车静芳〉同老旦〈保母〉上,唱)

【北新水令】今日个绛帷高揭新创的女开科,颤金钗至公堂坐[6]。主司推姐姐,少不得巡绰[7]就是你老婆婆。这帘影低挪,可便似贡举院[8]花阴锁。(净唱)

【南步步娇】只见他珠翠香风都在我身旁裹,坐起真无那[9]。(窥介)偷凭扇底睃。(起介)待我走个俏步儿,扭捏身躯,也做得风魔过[10]。(老旦出帘高叫介)兀那生员,不归号房,出外闲走,不怕瞭高的[11]拿犯规么? (净急坐介)生员在,规矩敢言苛? 告宗师,初犯从轻可。

(老旦)相公用心做。(净)晓得。(老旦入介)(净大声吟哦介)(旦唱)

【北折桂令】学蚊声聚夜成讹[12]。(笑介)保母,你看他日里影儿,笑映日虬髯,弄影婆娑。(老旦笑介)真是好笑,倒好像羊子吃草。(净揉眼、

搤腰、摩腹，作倦态介）（旦）为甚的把深眼频摩，围腰虚簸，伟腹轻挪？（老旦）这等光景，像是要睡了。（旦）再休想东床稳卧，一凭你梦到南柯[13]。（净睡，作鼾声介）（旦）你听鼻息如何？试问江郎彩笔[14]，可送到他呵？

（老旦出帘拍案介）（净惊介）苍头，谢相公文字可完了？（老旦高叫介）柳相公，不要睡，起来作文！（净）学生原不曾睡，正在此静想提神。（唱）

【南江儿水】隐几穷非想，那里是弯肱[15]惹睡魔？妈妈，不是我文心一霎能灰堕[16]，则我这春心一点难安妥，怎能够把琴心一谜都猜破？（老旦）快做完了罢！（净）少不得还你今朝功课，掌号筛锣[17]，免费催场烦琐。

（末〈柳家家人〉上）文章已就催誊录，关节难通怕内帘[18]。谢相公的诗，催完在此，不免传将进去。（老旦）分付门上，闲人不许放入。（作入帘介）（末）怎么处？（丑上，手招末介）这里来！相公与我说过了，传递的东西，待我转送。（末）如此甚好。做文章的说，叫俺相公凭他盘问，只要认定自家做的。（作付文与丑介）眼望旌捷旗，耳听好消息[19]。（下）（丑进净桌边介）柳兄，可得意么？（净）也想在肚里了，尚未写出。（各丢眼色做照会介）（旦唱）

【北雁儿落带得胜令】为甚的眉梢故打晬？（净、丑耳语介）（旦）为甚的耳畔频相撮[20]？（丑近净作私付文介）（旦）为甚的殷勤直靠他？（净一面收文、一面望帘内介）（旦）为甚的忙遽来瞧我？（丑仍立开，作看草稿介）这草稿头一个字就妙起了。（净假谦介）（旦）保母，他两个唧唧哝哝像是传递了。（老旦作搴帘[21]大叫介）小姐说有人传递！（丑急下介）（净）那个传递？方才就是你家大官人在此看文。（老旦）小姐，难道大官人倒替他传递？（旦）不提备自家哥，怕反打入他家火[22]。保母，你出去搜他一搜，莫怪我检点用心多，看不的机关当面做。摩挲[23]，休指望针眼里轻偷过。（老旦）怎好去搜他？（旦）保母，你也好罗呵，则怕你懒巡拦自犯科[24]，懒巡拦自犯科。

（老旦出帘介）柳相公，方才真个像有弊病。（净）若疑有弊，请搜。（作伸袖解衣与老旦看介）（老旦）不见有些甚么。（高报介）搜检无弊。（入介）（旦）明明是有弊的，既搜不出，且看他诗，就是果佳，还要再考。（净私抄，低唱介）

【南侥侥令】任你清官能挣扎，怎当得猾吏巧腾挪[25]。无赃只恐难悬坐[26]。你看我扫千军[27]快写波，扫千军快写波。

（作写完，大叫介）生员交卷！（丑上）尊作完了？（看赞介）（净作得意介）小弟自家也觉得这次文字不十分出丑，只怕难入令妹尊目。（丑）待小弟袖进去看。（净）小弟拱听发落。（丑入送旦看介）（旦大笑介，唱）

【北收江南】呀！看来是这般精妙呵，可知道破工夫值得费延俄。（丑）是用心做的了。（旦）也亏他善抄誊一字不差讹。（丑）果然誊得清。（旦）比前番佳制好还多。（丑）前番已考案首，这次该超等了。（旦）好便好，只怕不是他自己做的。（丑）妹子，你亲自监场，见谁与他传递来？（旦）你且把真情问他，把真情问他，是何人代做这首打油歌？

（丑出介）舍妹见了尊作，只管哈哈的笑。（净）想是欢喜了。可说道好？（丑）一头笑，一头说，比前番的更好。（净）这等着实中意了？（丑）只是疑心你央人做的。（净）小弟这样才学，人不来央也够了，反去央人？（旦笑介）他只道真正称赏，抵死承认。保母，你出去问来。（老旦出介）柳相公，若不是亲做的，也要直说。（净）你们三个人、六只眼看的，搜又搜过了，难道文章会平空里飞进来？（丑）你若没有弊病，赌一咒何如？（净）我就赌咒。（作罚誓介）我晓得了。（唱）

【南园林好】假言词无端诮诃，可是要赖婚姻生端撒科[28]？妈妈，我实对你说，亲事是赖不成的。（老旦）柳相公，不要这等焦躁。（净）不是我要来考，是你家小姐约我来的。文章不好也罢了，既拙作蒙加许可，为甚的重勒揸[29]起风波？重勒揸起风波？

（丑）待我进去，替你恳求。（丑、老旦入帘介）（老旦）你可听见他发作么？（旦笑介，唱）

【北沽美酒带太平令】他只道真个值千金七字吪[30]，便恁般弄斤两

轻颠簸。只怕不辨璋獐笔底讹,惹胡卢满坐^[31]。详诗意果如何?
(丑)这等说起来,不当好了。妹子,你实说怎么样的?(旦笑介)他被代笔的
人骗了,跳猴狲随人牵磨,演傀儡借机挑拨。受骗的,忒糊涂没些
裁夺;那骗人的,太聪明也难辞罪过。(老旦)小姐只说好笑,怕他不服。
明把好笑的缘故,说与大官人知道,也好回复他去。(旦笑念介)"牡丹花色甚
奇特"。(丑)也明白。(旦)"非红非紫非黄白"。(丑)不是红紫,又不是黄白,
准是绿的了。切题,切题。(旦)后面二句好笑得紧,说"绿毛乌龟爬上花,恐
怕娘行看不出",分明自骂是乌龟了。(丑、老旦俱笑介)(旦)呵,呵,真么,
假么,但由他认么。细思量、还认作情人犹可。

(同老旦下)(丑出介)(净)令妹想没得说了。(丑笑介)我且问你,这首
诗怎么样解?(净)总是极妙的了,何消解得?(丑)舍妹说你被人哄了,
诗中把乌龟骂你。(净)那有此话?(丑)方才听舍妹念了一遍,还略有
些影响,大家念一念看。(作共念介)(丑笑介)已后只叫你柳乌龟便了。
这卷子是你自家供状,待我收好在那里。(净作夺破介)(丑)这头亲事,
替你费了多少心机,在中说合,今日又相帮传递,大段是成的了。谁着你
抄这样诗,自打破鬼!不要说你没面,连我也没面了。请了,正是:"任教
挽尽西江水,难洗今朝满面羞。"(下)(净)小谢这个畜生,吃了我的饭,
得了我的束脩^[32],倒来捉弄我!立时就赶他出门了!早晨来赴考时,何
等兴头,如今冷冷淡淡,教我怎生回去?不免唱只曲儿消遣则个。(唱)

【北清江引】俏娘行强占了文昌座^[33],举子才一个。夸扬识鉴精,
做作威风大。只怕不中得我这俊门生也是错。(下)

【题解】

本剧写翰林沈重为女儿婉娥择婿,在文社会试中,以"绿牡丹"为题,要柳
五柳、车大、顾粲各作诗一首。白丁柳、车分别请馆师谢英、妹妹车静芳代笔,
会作诗的顾粲反落榜尾。事后两个代笔人看了对方诗稿,互生爱慕之心。车
大为了不让柳与自己争当沈家的女婿,答应以妹嫁他。静芳却要隔帘面试,
又以"绿牡丹"为题,柳仍请谢代作。谢作打油诗,使其在静芳面前自打嘴巴。

沈重以"真伪辨"为题复试,亲加防范,两白丁做弊不成,称病告退。沈重招顾粲为婿,又为谢英与静芳说合。

全剧通过三场考试,连结二生二旦二丑三对角色,分别写出他们的相似身份与不同风貌,不支不蔓,紧凑利索。从局部看,几乎每一出都有一个令人解颐的冲突高潮,出出都有好看处,这是冗长的传奇作品所少能达到的。

才女试夫,在女子以夫为天的封建社会中简直是不可能的,因此,这个题材模式本身就带有喜剧意味。这场帘试摆足了科场的阵势,使得庄谐相生,戏味更浓;又因代笔人存心捉弄,主试者疑心在先,使被试者作弊失败的必然结果与其趾高气昂的赖皮气焰对映成趣,更使喜剧因素发挥到极致。

本出据《中国戏曲选》移录。

【作者简介】

吴炳(1595—1648),江苏宜兴人,晚明优秀剧作家,仕明,后为清兵所俘,绝食而死。他的主要作品是《粲花五种曲》,其中《西园记》是他的另一著名剧作。

【注释】

〔1〕"不是"二句,出自唐裴休《宛陵录·上堂开示颂》。

〔2〕柳五柳:柳希潜的号,它和工尺谱的"六五六"谐音。车大取号"车尚公",与工尺谱的"尺上工"谐音。有讽刺意味。

〔3〕苍头:奴仆。小谢:即谢英,是柳五柳的塾师。

〔4〕会长:文会的主持者,在此指沈重。初试中他以君子之心度人,不加防范,车大、柳五柳因此得以作弊。

〔5〕一绺(liǔ)纸:搓成小卷的纸。

〔6〕开科:举行科举考试。古代开科取士都由男的主持,这次由车静芳主考,故称女开科。至公堂:科举时代试院大堂。

〔7〕主司:主试官。巡绰:巡逻监考。

〔8〕贡举院:科举考试的场所。

〔9〕坐起真无那:意为坐立不安。无那:无奈。

〔10〕风魔:风流潇洒的样子。过:助词。

〔11〕瞭高的:指监考人,因其往往从高处往下监督考生。

〔12〕学蚊声聚夜成讹:形容柳五柳读书如夜聚的蚊子声,实为假作吟哦。

〔13〕东床稳卧:用王羲之坦腹东床、被郗鉴选为女婿典故。南柯:见《牡丹亭》注〔43〕。

〔14〕江郎彩笔:南朝人江淹,少时梦见有人赠他五色笔,此后文藻日新,被称为"江郎"。见《南史·江淹传》。

〔15〕肱(gōng 工):胳膊上从肩到肘的部分。弯肱即枕着胳膊睡觉。

〔16〕灰:疑即隳,同音假借,意为毁坏。文心一霎能灰堕:意说没有心思作文。

〔17〕掌号筛锣:科举考场中催交试卷的号锣。

〔18〕内帘:古代乡会试时,称主司以下阅卷诸官为内帘。

〔19〕"眼望"二句:元明戏曲中常用的套语,表示胜利在望。

〔20〕耳畔频相撮:意指交头接耳。

〔21〕褰(qiān 千)帘:揭帘。

〔22〕反打入他家火:反而帮助外人。火:同伙。

〔23〕摩挲:原为抚摸意,此形容贼手贼脚。

〔24〕罗呵(hē 喝):罗嗦意。犯科:违犯律条。

〔25〕挣扎:努力争取的意思。腾挪:翻腾,转移,此指传递作弊。

〔26〕难悬坐:难以凭空定罪。坐,定罪。

〔27〕扫千军:杜甫《醉歌行》诗:"词源倒流三峡水,笔阵横扫千人军。"指行文酣畅。

〔28〕诮诃(qiào hē 窍喝):指责。生端撒科:意说制造事端赖掉亲事。撒科:原指插科。

〔29〕勒掯(kèn 肯第四声):勒索,为难。

〔30〕七字:指七言诗。吥(huò 货):助词,无义。

〔31〕不辨獐獐:宋钱易《南部新书》:"李林甫寡薄,中表有诞子者,以书贺之云:'知有弄獐之庆。'""獐"应为"璋"。后因以"不辨獐獐"指认字不清的人。惹胡卢满坐:惹得满座哄堂大笑。胡卢:笑的样子。

〔32〕束脩:十条干肉。古时学生送给教师的报酬。

〔33〕文昌座:星名,传说是主持文运的星宿。此指考官。

娇 红 记

孟称舜

第四十三出　生　离

【杏花天】(旦〈王娇娘〉上)霎时打散秦楼凤,隔行云巫山几重[1]。昨宵好梦无凭准,猛提起心愁意冗。

(云)凭将此日思前日,谁想佳期负后期。世上伤情无限事,琉璃易碎彩云飞[2]。奴与申郎密订姻盟,中遭间阻。自我母亲亡后,爹爹念家下无人治理,遂许申郎婚姻之约。窃意皇天果不违人所愿,岂料帅子忽来求亲,爹爹迫于权要,复背前言。思量好恨人也。

【小桃红】想世间万事转头空,谁似咱伤情重也。旧约难凭,新怨重逢,何处问流红? 叹从此两分张[3],各西东。负佳期,生拚的把残生送也。(叹介,云)正是:泪洒梧桐雨,一声一点愁;愁泪有时尽,愁怀无尽头。奴家直恁般命薄也。(唱)恰便似纱窗外夜雨梧桐,争如那柳和桃犹解的嫁东风[4]。

(云)我听飞红说了这话,险些儿惊死也呵。

【下山虎】听清宵漏断,晓鼓残钟,惊散了游仙梦[5]。新情乍浓,新怨还来,幽欢密宠,叹往事从头一霎空。老天直恁懂[6],把并头花生生的分了两丛,老乌鸦硬扭做双栖凤。天昏也那地懵,好恶姻缘愁杀侬。

(云)我去说他知道,想他这惊可也不小呵。(行觑介)呀,他还睡着哩。(生〈申纯〉睡容上)

【金蕉叶】绿窗睡浓,是谁人轻窥绣枕? (见旦介,云)原来是娇娘妻呵,(唱)蓦地把行云暗通。(搂介)我扭腰肢将香躯紧拥。

（旦云）申郎，你还不知道，昨日做的你妻，今日做你妻不的了。（泪介。生云）这怎么说？（旦云）前日婚约复败。帅子求婚，家君迫于权势，已将妾身许他了。（生惊介，云）怎么说，你爹爹将你复许帅家了？

【章台柳】哎呀！泼天风浪凶，打鸳鸯何处逢？（云）你爹前日呵，（唱）早许结姻亲，两姓通，我准备做东床^[7]鱼水同。为甚平地里堆成太华峰^[8]，生隔断两西东。（泣介）猛教我泪珠涌，只今日把人轻送。

（旦云）虽是俺爹爹变卦，你也休怨他呵。

【前腔】不是我负心爹无始终，则我多情女忒命穷。我和你无分春风昼锦红^[9]，做了坠飞花随水东。即世的蓝桥^[10]没路通，则办的死相从，生难共。（云）把两下恩情呵，（唱）早都做杜鹃枝，片时残梦^[11]。

（生云）这还是小生缘悭也。

【醉娘子】想红鸾合注，花星未拱^[12]。旧盟言，一旦空。（云）古来多少才子佳人，都得成双，（唱）缘同也意同。（云）偏则俺和你呵，受了千万般伤情痛，到头来没分成欢宠。

（旦云）生愿不谐，死愿还在。

【前腔】是前生命悭，今生命凶。镇凄凉，多唧哝^[13]。记荼蘼小院东，和你似海般恩情重^[14]，少不得生生的愿与谐鸾凤。

（生云）离合悲欢，皆天所定。帅子既来求婚，亲期料应不远，小生便当告别。今生缘分从此诀矣，你去勉事新君。则要想起西窗明月，花阴深处，恩深义重，那时休便忘了人也呵！（泪介）

【五般宜】你早则拥笙歌画堂中，你早则扶笑脸向春风。俺可似愁韩重^[15]，真命穷，和你做夫妻全无始终。回想着旧欢如梦，伊西我东。须知道后日萧郎，陌上难逢^[16]，便做似死和生离别永。

（旦怒介）兄丈夫也，堂堂六尺之躯，乃不能谋一妇人。事已至此，而更委之他人，兄其忍之乎？妾身不可再辱，既以许君，则君之身也。

【前腔】俺怎肯再赋琵琶[17]汉水东！俺怎肯再舞翠柳野烟中。你做了男儿汉，直恁般情性慵，我和你结夫妻恩深义重。怎下得等闲抛送，全无始终？须知道死向黄泉，永也相从，痛伤悲，血泪涌。

（掩面大恸介。生拥旦介，云）我言亦岂本于衷肠，但一时计出无奈呵。

【江头送别】非缘我，非缘我，把誓盟轻纵。也只虑，这恩情，到头抛送。不如早些儿拆散了鸾和凤，免教的恶相思两下冲冲。

（叹介）如今欲不去呵，怎忍的。

【江神子】生察察看花飞别红。（云）欲去呵，怎忍的（唱）煞剌剌眼底飘蓬。思量懊恨天公，争似当初休把两情通，免今日恁般儿葬送。

（旦）你既不忘情于我，还望早为我计之。（生）事已如此，只得缓图。

【余文】提起那花阴底下盟香重，（旦）少不得死也波将身陪奉。（合）怎说的花烛兰房还则别去宠。（旦下。生欲下。）

（丑扮院子冲上）忙赍千里信，来接远游人。官人一来数月，老相公在家悬望，今患病不痊，特差院子来接官人。官人可即刻起程。（生沉吟介）如此怎好？我为小姐心下悲伤，只得强驻。今父亲有病来接，势又决难更留。且告过舅舅，起程归去。（末〈王文瑞〉上）一鞭残照催行色，两眼西风添闷怀。贤甥何事匆匆，即要起程？（生）父亲有恙来召，只得就行。小甥自来荷吾舅相待如子，今此告别，实为怏然也。（旦上，潜立末后觑介。生）

【忆莺儿】数载中，相过从，感荷深恩海样洪。此日分离难再逢。关河几重，云天几重。（见旦，各偷掩泪介）回思旧事浑如梦，泪痕浓，青衫湿尽[18]，偷掩背东风。

（末）贤甥归去，府君[19]无恙，还宜再来。我女儿亲礼在即，家事纷纭，望你一来料理。（生）贤妹亲期已近，纯归侍亦须累月。又瓜期[20]将及，此后相逢，未可预定也。（末）女儿在近出室[21]，贤甥来期未定，此后未必再会了。丫环可请小姐出来相见。（旦掩泪急下。老[22]上）小姐身子不快，不出来了。（末）勉出一见无妨。（老下，复上）小姐有病睡着哩。（生）如此，

小甥即便告行。

【前腔】别泪浓，难再逢。(末云)你舅母既亡，贤甥又去，(唱)我有女于归^[23]旦暮中。眼底孤身老景穷。(云)你去家中，(唱)把椿萱^[24]再奉，俺这里锦堂昼空。(同掩泪介。合)相看四目心悲痛，向东风，青衫湿尽，肠断为离鸿。

【尾声】(末)人间最苦离愁重，(生)几次往来途路中。(云)则我今日呵，(唱)说不出离愁愁更浓。

(末)数载奔驰向路途，(生)邮亭长自叹离居。

(末)今朝此别愁还重，(生)说与旁人识得无？

【题解】

本剧全名《节义鸳鸯冢娇红记》，取材于北宋宣和年间一个真实的故事，是各种改编本中最成功的一种。

落第书生申纯到舅舅家散心，与表妹王娇娘一见钟情，然娇娘害怕"错配鸳鸯偶"，一心要求"同心子"，几经猜疑、曲折，方才结为情侣。无奈王父始嫌申纯家贫不肯允婚，及至申纯中举才应允，却又迫于豪门的压力答应了帅府的求亲。娇娘与申纯终于双双殉情。

作者认为："昔时《西厢记》，近日《牡丹亭》，皆为传情绝调。"可见作者是引王实甫、汤显祖以为同调的。本剧写申纯与娇娘的爱情愈挫愈坚，直至双双殉情，可以说，在表现自由恋爱的艰苦性方面，它继承了王、汤爱情戏的传统；同时，本剧还有更进一步的发展，即赋予性爱以严肃的理性意义：要求不仅才貌相悦，而且同心同德、生死不渝。正是由于有这样明确的要求，娇娘才有许多猜疑与忧愁，申纯才从多情公子渐渐成为志诚公子，在中国文学形象的长廊里，他俩成为宝黛形象的前驱。

本折所写的离别，不是一般地写出感伤哀怨的儿女常情。申纯迫于情势，口不应心；娇娘刚烈决绝，爱而生怒；申纯表面上与王父告别，其实句句情语皆为娇娘；娇娘不出堂与申纯告别，是悲痛到不别而别，反而更添悲痛，真是此时无声胜有声。这一段宛转多姿的情景，全靠朴实的白描手法写出，正是艺术上不可模仿的珍品。

本出据欧阳光校注本移录。

【作者简介】

孟称舜,浙江绍兴人,明末参加复社运动。他的创作活动主要在明天启、崇祯年间,著有五种传奇和六种杂剧。并将元明二十六本爱情杂剧合编为《柳枝集》加以评点。

【注释】

〔1〕"霎时"二句,见《西厢记》注〔40〕。

〔2〕"世上"二句,出自白居易《简简吟》诗:"大都好物不坚牢,彩云易散琉璃脆。"

〔3〕分张:离别。

〔4〕"争如"句,化用张先〔一丛花〕词:"沉恨细思,不如桃杏,犹解嫁东风。"

〔5〕游仙梦:用刘、阮在天台遇见仙女事。见《牡丹亭》注〔30〕。

〔6〕直恁懂:如此懵懂、糊涂。

〔7〕东床:见《绿牡丹》注〔13〕。

〔8〕太华峰:即西岳华山。

〔9〕"昼锦红"与后文"锦堂昼空",化用昼锦堂典故。宋代韩琦官至宰相,在故乡建"昼锦堂",取义于项羽"富贵不归故乡,如衣锦夜行"语。

〔10〕即世:现世。蓝桥:见《拜月亭》注〔45〕。

〔11〕"杜鹃枝,片时残梦":化用李商隐《无题》中"蝴蝶梦中家万里,杜鹃枝上月三更"句意。

〔12〕红鸾:星相家说天上有红鸾星,主人间婚姻喜事。花星:旧指有关爱情的吉星。拱:环绕、拱立。

〔13〕镇:长、常。唧哝:亦作唧唧哝哝,小声说话。常含有罗嗦之意。

〔14〕"记荼蘼"句,与下面宾目中"想起西窗明月,花阴深处,恩深义重"及【余文】曲首句,俱属回忆前情,详见十五出"盟别"。

〔15〕韩重:春秋时人,与吴王夫差的女儿紫玉私订终身,后吴王不允婚,紫玉悲愤而死。

〔16〕"须知道"二句:用唐代崔郊的故事。相传崔郊与他姑姑的侍婢相恋,后侍婢被卖给连帅。有一天,崔郊和她路遇,有感而写诗一首,其中有"侯门一入深如海,从此萧郎是路人"的句子。见范摅《云溪友议》。

〔17〕再赋琵琶:指另嫁他人。白居易《琵琶行》诗记述一个琵琶女早年享有盛名,后因色衰而嫁作商人妇。后人因以"再赋琵琶"表示再婚或另嫁。

〔18〕青衫湿尽:用白居易《琵琶行》中"座中泣下谁最多,江州司马青衫湿"句。

〔19〕府君:汉魏以来对人的敬称。这里指申纯父亲。

〔20〕瓜期：上任的期限。

〔21〕出室：犹"出阁"，旧时称女子出嫁。

〔22〕老：老旦的省称，扮丫环小慧。

〔23〕于归：女子出嫁。

〔24〕椿萱：指父母。

清 忠 谱

李 玉

第十一折 闹 诏

（贴〈衙役〉青衣、小帽上）苦差合县有，惟我独充当。自家吴县青带[1]便是。北京校尉来捉周乡宦，该应吴县承值[2]。校尉坐在西察院，本县老爷要拨人去听差。这些大阿哥[3]，都叮嘱了书房里，不开名字进去。竟拿我新着役苦恼子公人，点去承值，关在西察院内。那些校尉动不动叫差人，叫差人要长要短。偶然迟了，轻则靴尖乱踢，重则皮鞭乱打。一个钱也没处赚，倒受了无数的打骂！方才攘[4]了一肚子烧酒，如今在里边吱吱喝喝，又走出来了。不免躲在厢房，听他说些什么。（暗下）（副扮差官，丑、小生扮二校，喝上）

【梨花儿】（副）驾上差来天也塌，推托穷官没钱刮，恼得咱家心性发。嗏！拿到京中活打杀。

李老爷呢？（小生）李老爷睡在那里。（副）快请出来。（校向内介）张老爷请李老爷。（净内应介）来了！（净扮差官上）

【前腔】（净）久惯拿人手段滑，这番差使差了瞎。自家干儿不设法。嗏！一把松香便决撒[5]。

（副）李老爷，咱们奉了驾贴，差千差万，到处拿人，不知赚了多少银子。如今差到苏州，又拿一个吏部。自古道：上说天堂，下说苏、杭。岂不晓得苏州是个富饶的所在？况且吏部是个美官，值不得拿万把银子，送与咱们？开口说是个穷官，一个钱也没有。你道恼也不恼！难道咱们三千七百里路来到这里，白白回去了不成？（净）可笑那毛一鹭[6]，做了咱家的官儿，咱们到来，他也该竭力设法，怎么丢咱们住在冷屋里边，自己来也不来？哥啊！若是周顺昌弄不出，咱们定要倒毛一鹭的包哩！（副）

李老爷说的是! 差人那里?（连叫介）（丑）差人! 差人!（贴走出跪介）
老爷有何分付?（副）差你在这里伺候,脸面子也不见,不知躲在那里?
（净）连连叫唤,才走出来,要你这里做什么!（副）李老爷不要与他说,
只是打便了。（净）拿皮鞭来!（贴磕头介）小的在这里伺候,求老爷饶打。
（副）你快去与毛一鹭说:俺老爷们奉了皇爷的圣旨,厂爷[7]的钧旨,到
此拿人,你做那一家的官儿,不值得在犯官身上弄万把银子送俺们! 若
有银子,快快抬来;若没有银子,咱们也不要周顺昌了。咱们自上去,教
他自己送周顺昌到京便了。快去说! 就来回复。（贴）小的是个县差,怎
敢去见都老爷? 怎敢把许多言语去禀?（净、副大怒介）咄! 你这狗头
不走么?（贴拜介）小的委实不敢说。（副）要你这狗头何用?（将皮鞭
乱打介）（净乱踢介）（贴在地乱滚,叫痛哀求介）（副）这样狗攮的,不中
用。（贴爬下）（副向丑介）你照方才的言语,快去与毛一鹭说! 俺们立
等回话。（内众声喧喊介）（丑望介）呀! 门外人山人海,想是来看开读[8]
的。这般挨挤,如何走得!（副又与小生说介）你把皮鞭打开了路,送他
出去便了。（向净介）咱家到里边喝杯凉酒。少不得毛一鹭定然自来回复。
（净）有理。（副）只等飞廉传信去,（净）管教贯索[9]就擒来。（同下）（小
生）咄! 百姓们闪开,闪开! 咱家奉旨来拿犯官,什么好看! 什么好看!
（丑）闪开! 闪开! 让咱走路!（将皮鞭乱打下）（旦、贴扮二皂喝上）（外
黑三髯、冠带,扮寇太守上[10]）

【西地锦】（外）民愤雷呼辕下,泪飞血洒尘沙。（内众乱喊介）周吏部
第一清廉乡宦,地方仰赖,众百姓专候太老爷做主,鼎言救援哩!（大哭介）（末
短胡髯、冠带,扮陈知县[11]急上）（向内摇手介）众百姓休得啼哭! 休得啼哭!
上司自有公平话。且从容,莫用喧哗。

（内众又喊介）陈老爷是周乡宦第一门生,益发坐视不得的呢! 爷爷嗄!
（又哭介）（末见外介）老大人,众百姓执香号泣者,塞巷填街,哀声震地,
这却怎么处?（外）足见周老先生平日深得人心,所以致此。贵县且去
吩咐士民中一二老成的上前讲话。（末）是!（向内介）众百姓听着! 寇
太爷分付,士民中老成的,止唤一二人上前讲话。（小生、老旦,扮生员上）
（作仓惶状介）（小生）生……生……生员王节。（老旦）生……生员刘

羽仪^[12]。（小生、老旦）老……老……老公祖，老……老……老父母在上。周……周……周铨部^[13]居官侃侃，居乡表率。如此品行，卓然千古。蓍罹^[14]奇冤，实实万姓怨恫。老公祖，老父母，在地方亲炙高风^[15]，若无一言主持公道，何以安慰民心？（净急上跪介）青天爷爷阿！周宦若果得罪朝廷，小的们情愿入京代死。（丑喊上）不是这样讲，不是这样讲！让我来说。青天爷爷阿！今日若是真正圣旨来拿周乡宦，就冤枉了周乡宦，小的们也不敢说了。今日是魏太监假传圣旨，杀害忠良，众百姓其实不服。就杀尽了满城百姓，再不放周乡宦去的。（大哭介）（内齐声号哭介）（外）众百姓听着！这桩事非府县所能主张。少刻都老爷到了，你们百姓齐声叩求，本府与吴县自然极力周旋。（内齐声应介）太爷是真正青天了。（内敲锣、喝道声介）（净、丑）都老爷来了！列位，大家上前号哭去！（喊介）（小生、老旦）全赖老公祖、老父母鼎力挽回。（外、末）自然，自然！（小生、老下）（外、末在场角伺候，打躬迎接介）（内喊介）（副胡髯、冠带，扮毛抚台，歪戴纱帽，脱带撒袍，众百姓乱拥上）（众喊介）求宪天爷爷做主，出疏保留周乡宦呢！（外、末喝退众下介）（副作大怒，乱嚷大叫介）反了，反了！有这等事！皇上拿人，百姓抗拒，地方大变了，大变了！罢了，罢了！做官不成了！（外、末跪介）老大人请息怒。周宦深得民心，也是平日正气所感。或者有一线可生之路，还望大人挽回。（副大怒介）咳！逆党聚众，抗提钦犯，叛逆显然了。有什么挽回？有什么挽回？（作怒状，冷笑介）

【风入松】呼群鼓噪闹官衙，圣旨公然不怕。你府县有地方干系，可晓得官旗是那一家差来的？天家缇骑魂惊唬，（作手势介）若抗拒，一齐搭咤^[16]。（外、末拱介）是！（副低说介）且住了！逆了朝廷，还好弥缝。今日逆了厂公，（皱眉介）咦！比着抗圣旨，题目倍加。头颅上，怎好戴乌纱！

（内众又乱喊介）宪天爷爷，若不题疏力救周宦，众百姓情愿一个个死在宪天台下。（外、末又跪介）老大人，卑职不敢多言。民情汹汹如此，还求老大人一言抚慰才是。（副）抚慰些什么来？抚慰些什么来？拿几个进来打罢了！（外、末又跪介）老大人息怒。众百姓呵，

【前腔】(外、末)哭声震地惨嗟呀！卑职呵，不敢施威喝打。倘一言激变难禁架，定弄出祸来天大。(末又跪介)老大人若无一言抚慰，就是周宦在外，卑职也不敢解进辕门。(副)为何？(末)人儿拥，纷乱如麻，就有几皂隶，也难拿。

(副沉思介)嗄！也罢！既如此，快去传谕百姓且散。若要保留周宦，且具一公呈进来，或者另有商量。(外、末起介)是！领命！(即下)(副)哈哈哈！好个骇[17]官儿。苦苦要本院保留，这本儿怎么样写？怎么样写？且待犯官进来，再作道理。(向内叫介)张爷那里？李爷那里？(叫下)(小生扮校尉上，扯住副立定介)毛老爷，不要乱叫。我们的心事怎么样了？到京去，还要咱们在厂爷面前讲些好话的哩！(副)知道了！知道了！自然从厚。(携手下)(生〈周顺昌〉青衣、小帽，旦、贴扮皂押上)(生)平生尽忠孝，今日任风波。(净、丑、末拥上)周老爷且慢。我们众百姓已禀过都爷，出疏保留了。(生拱谢介)列位素昧平生，多蒙过爱。我周顺昌自矢[18]无他，料到京师，决不殒命。列位请回。(净、丑、末)当今魏太监弄权，有天无日，决不放周爷去的。(哭，唱)

【前腔】(净、丑、末)权珰[19]势焰把人挝，到口便成肉鲊。周老爷呵，死生交界[20]应非要，怎容向鬼门占卦？(老、小生急上)周老先生，好了！好了！晚生辈三学[21]朋友，已具公呈保留，台驾且回尊府。晚辈静候抚公批允便了。(生)多谢诸兄盛情。咳！诸兄，小弟与兄俱读圣书，君命召，驾且不俟[22]。今日奉旨来提，敢不趋赴。顺昌此去，有日还苏，再与诸兄相聚，万分有幸了。(小生、老旦)老先生说出此言，晚生辈愈觉心痛了。(大哭介)(净、丑、末，各抱生哭介)(小生、老旦)老先生，你看被逮诸君，那一个保全的？还是不去的是。投坑阱都成浪花，见那个得还家。(生)列位休得悲哀。我周顺昌呵，

【前腔】(生)打成草稿在唇牙，指佞庭前拚骂。叠成满腹东林[23]话，苦挣着正人声价。诸兄日后将我周顺昌呵，姑苏志[24]休教谬夸。我只是完臣节，死非差。

(外扮中军上)都老爷吩咐开读且缓，传请周爷快进商议。(净、丑、小生、

老旦、末)有何商量?(外)列位且具公呈,自然要议妥出本的。(众)出本保留,是士民公事,何消周爷自议?不要听他!(生)列位还是放学生进去的是。(众)不妨,料没后门走了。(外扶生入介)(内)分付掩门。(内副掩门介)(众)奇怪!为何掩起门来?列位,大家守定大门,听着里边声息便是了。(作互相窥听介)(内念诏介)跪听开读。(众惊介)列位,不是了!为何开读起来?(又听介)(内高声喊介)犯官上刑具。(众怒介)益发不是了!列位,拚着性命,大家打进去!(打门介)(副扮差官执械上)咄!砍头的,皇帝也不怕;敢来抢犯人么?叫手下拿几个来,一并解京去砍头!

【前腔】(副)妖民结党起波查,倡乱苏城独霸。抢咱钦犯思逆驾,擒将去千刀万剐。(众)咳!你传假旨,思量吓咱!(拍胸介)我众好汉,怎饶他!

(副)嗄!你这般狗头,这等放肆,都拿来砍!都拿来砍!(作拔刀介)(净)你这狗头,不知死活!可晓得苏州第一个好汉颜佩韦么?(末)可晓得真正杨家将杨念如么?(丑、旦、贴)可晓得十三太保周老男、马杰、沈扬么?(副)真正是一班强盗!杀!杀!杀!(将刀砍介)(净)众兄弟,大家动手!(打倒副介)(副奔进介)(众赶入打介)天花板上还有一个。(众打进打出三次介)(二旦扛一死尸上)打得好快活!这样不经打的,把尸骸抛在城脚下喂狗便了。(下)(外扮寇太守扶生上)(生)老公祖,此番大闹,我周顺昌倒无生路了。怎么处?怎么处?(外)老先生休虑。且到本府衙内,再有商量。(扶生下)(末扮陈知县扶副上)(副)这等放肆。快走!快走!各执事不知那里了,怎么处?(末)执事都在前面。只得步行前去。知县护送老大人。(副)走,走,走!(同末下)(净、丑、旦、贴内大喊。众复上)还有几个狗头,再去打!再去打!(作赶入介)(即出介)一个人也不见了,官府也去了,连周乡宦也不知那里去了。怎么处?快寻,快寻!(各奔介)

【前腔】(合)凶徒打得尽成相[25],倒地翻天无那。遁逃[26]没影真奇诧,空察院止堪养马。周乡宦,深藏那家?细详察,觅根芽。(共奔下)

【题解】

王朝末年,当权者杀戮持不同政见的反对派,引起大规模的群众暴动,使国家元气大伤,加速崩溃。这既是明朝末年的真实情况,也是中国封建专制史上一再重演的悲剧。最早把这种悲剧轰轰烈烈地搬上舞台的,就是以曲为史的《清忠谱》。它的成功与局限之处都令人深思。

本剧演清廉刚直的东林党人周顺昌反对魏阉的专权乱国,被魏阉逮捕,激起苏州人民的公愤,市民颜佩韦等五人带领群众激于义愤,为周顺昌乞命,击杀缇骑,后来俱被阉党杀害。直至新帝即位,魏忠贤被黜,才平反昭雪。

这一切在历史上是实有其人其事的。而且据记载,在这五人发起的暴动之后,魏阉党便不敢那么肆无忌惮地抓人了。

本折把周顺昌被捕过程中市民为之请愿,继而暴动的场面,写得头绪分明,波澜壮阔而绚丽多彩。在这里,宦官最初的淫威与后来的"不经打"形成强烈的对比;秀才们的懦弱、轻信,衬出市民头领的魄力、头脑清醒;绅士、市民的愚忠,正好使宦官的愚民策略得逞。这些对不同阶层人物的典型刻画,无形中能促人思索,启人聪明。

本折据《中国戏曲选》移录。

【作者简介】

李玉,江苏吴县人。约生于明万历(1573—1619)中期,卒于清康熙(1662—1722)初年。仕途上屡遭挫折,明亡以后绝意仕进,以毕生精力从事传奇创作与曲学研究,所作传奇约有四十种,以《清忠谱》和《一捧雪》、《人兽关》、《永团圆》、《占花魁》四种(合称"一人永占")最有名。本剧合作者还有:毕魏、叶时章、朱素臣。

【注释】

〔1〕青带:下等衙役,即下文所说的"苦恼子公人"。

〔2〕周乡宦:即周顺昌,江苏吴县人,万历四十一年(1613)进士,《明史》中有传。本剧说他初任福州理刑,历迁吏部员外郎,故称周吏部。乡宦:地方绅士。承值:当班办事。

〔3〕大阿哥:吴语兄弟称大哥为大阿哥,此指上等衙役。

〔4〕攮(nǎng囊上声):拼命吃。

〔5〕一把松香便决撒:舞台上燃烧松香以取得烟火效果。这里借用其意,说毛一鹭

是自家干儿,如不设法的话,咱就大闹一场,好比放一把火,烧个哔哩喇啦才罢休。决撒:败露,完蛋。

〔6〕毛一鹭:魏忠贤死党,当时的应天府巡抚。下文的"都老爷"、"毛抚台"、"宪天爷爷"俱指此人。

〔7〕厂爷:指魏忠贤,明熹宗时任司礼秉笔太监,并掌管东厂(当时的特务组织),自称九千岁。《明史·魏忠贤传》说当时"内外大权一归忠贤"。下文称"厂公"。

〔8〕开读:指当众宣布圣旨。

〔9〕飞廉:殷代一个奔跑如飞的奇人。贯索:粗而长的绳子。

〔10〕黑三髯:对演员髯口的舞台提示,即戴三绺黑须。寇太守:指寇慎,字礼亭,天启三年(1623)任苏州太守,为官清正。

〔11〕陈知县:陈文瑞,字应萃,天启五年(1625)进士,当时的吴县县令。

〔12〕王节:与下句中的刘羽仪俱当时事件中真实人物。王节:字贞明。刘羽仪:字渐子,吴县人。下文写他们说话时继断续续的声口,表现这些秀才的畏懦性格。

〔13〕铨部:对吏部官员的尊称。

〔14〕薶罹(lí离):突然遭遇不幸的事情。

〔15〕老公祖,老父母:明清时绅士对地方官的尊称。亲炙(zhì至)高风:意为亲自感受到高尚的风格。

〔16〕缇(tí提)骑:逮捕犯人的官役。搕咤:指杀头。

〔17〕骏(ái皑):傻。

〔18〕自矢:发誓。

〔19〕珰(dāng当):汉代宦官充武职者的服饰,后世即以为宦官的代称。鲊(zhǎ眨):腌鱼。

〔20〕交界:苏州方言,极度、极端的意思。

〔21〕三学:唐时称国子学、太学、四门学为三学;宋代将太学分为外、内、上三舍,也称"三学"。这里泛指学校中人。

〔22〕君命召,驾且不俟(sì四):《论语·乡党》:"君命召,不俟驾行矣!"意为君王召见,不等车马备好,立即动身。俟:等待。

〔23〕东林:指东林党。明万历年间,顾宪成等在东林书院讲学,讽议朝政,士大夫闻风响应,遂有东林党之称。

〔24〕姑苏志:苏州地方志。吴王夫差曾建姑苏台于苏州,故苏州也称姑苏。

〔25〕粗(zhā渣):音义俱同渣。

〔26〕逋(bū不第一声)逃:逃亡者。

风 筝 误

李 渔

第二十九出 诧 美

【传言玉女前】（小旦〈柳氏〉带副净〈梅香〉上）儿女温柔，佳婿少年衣
绣，问邻家娘儿妒否[1]？

妾身柳氏。前日老爷寄书回来，教我赘韩状元为婿。我想梅夫人与我各
生一女，他的女婿是个白衣白丁，我的女婿是个状元才子；我往常不理
他，今日成亲，偏要请过来同拜，活活气死那个老东西！叫梅香去请二夫
人过来，好等状元拜见。（副净应下）

【传言玉女后】（生〈韩世勋〉冠带，末〈家僮〉随上）姻缘强就，这恶况
怎生经受？冤家未见，已先眉皱！

（见介）（副净上）夫人，二夫人说，他晓得你的女婿是个状元，他命轻福
薄，受不得起拜，他不过来。（生）既是二夫人不来，今日免了拜堂罢。（小
旦）说的什么话？小女原不是他所生，尽他一声不来就罢。叫傧相赞礼。
（净扮掌礼上，请介）（副净、老旦扶旦〈詹淑娟〉上，照常行礼毕，共坐饮
酒介）

【画眉序】（生闷坐不开口，众唱）配鸾俦，新妇新郎共含羞。喜两心
相照，各自低头。合卺[2]酒未易沾唇，合卺杯常思放手。状元相
度[3]，该如此端庄，不轻开口。

【滴溜子】笙歌沸，笙歌沸欢情似酒。看银烛，看银烛花开似斗。
冬冬鼓声传漏，早些撤华筵，停玉盏，好待他一双双归房聚首。

（小旦）掌灯送入洞房。（行介）

【双声子】新人幼，新人幼，看一捻腰肢瘦。才郎秀，才郎秀，看
雅称宫袍绣。神祜祐，神祜祐；天辐辏，天辐辏[4]。问仙郎仙女，

几世同修？

【隔尾】这夫妻岂是人间偶？是一对蓬莱小友,谪向人间作好逑[5]。

> （众下）（生、旦对坐,旦用扇遮面介）（内发擂毕,打一更介）（生背介）他今日也一般良心发动,无颜见我,把扇子遮住了脸。（叹介）你这把小小扇子,怎遮得那许多恶状来[6]!

【园林好】（生）我笑你背银灯,难遮昨羞,隔纨扇,怎藏旧丑？他当初露出那些轻狂举止,见我厌恶他,故此今日假装这个端庄模样。（叹介）你就端庄起来也迟了! 任你把娇涩态,千般装扭,怎当我愁见怪,闭双眸! 愁见怪,闭双眸!

> 我若再一会不动,他就要手舞足蹈起来了。趁此时拿灯去睡。双炬台留孤独影,合欢人睡独眠床。（持灯下）（旦静坐介）（内打三更介）（旦觑生不见介）咦! 我只说他坐在那边,只管遮住了脸;方才打从扇骨里面张一张,才晓得是空空的一把椅子!（向内偷觑,大惊介）呀! 他独自一个竟去睡了,这是甚么缘故？

【嘉庆子】莫不是醉似泥,多饮了几杯堂上酒？莫不是善病的相如体态柔[7]？莫不是昨夜醄眠花柳[8],因此上神倦怠,气休囚;神倦怠,气休囚？

> 他如今把我丢在这边,不偢不保,难道我好自己去睡不成？独自个冷冷清清,又坐不过这一夜,不免拿灯到母亲房里去睡。檀郎不屑松金钏,阿母还堪卸翠翘[9]。（敲门介）母亲开门。（小旦持灯上）眼前增快婿,脚后失娇儿。（开门见旦,惊介）呀! 我儿,你们良时吉日,正好成亲,要甚么东西,只该叫丫鬟来取,为甚么自己走出来？（旦）孩儿不要甚么东西,来与母亲同睡。（小旦大惊介）怎么不与女婿成亲,反来与我同睡？

【尹令】你缘何黛痕浅皱？缘何擅离佳偶？缘何把母闺[10]重叩？莫不是娇痴怕羞,因此上抱泣含愁把阿母投？

> （旦）他不知为甚么缘故,进房之后,身也不动,口也不开,独自一个竟去睡了。孩儿独坐不过,故此来与母亲同睡。（小旦呆介）怎么有这等诧异

的事？我看他一进门来，满脸都是怨气，后来拜堂饮酒，总是勉强支持。这等看起来，毕竟有什么不慊意[11]处？我儿，你且坐一坐，待我去问个明白，再来唤你。叫梅香掌灯。（旦下）（副净上，持灯行介）（小旦）只道欢娱嫌夜短，谁知寂寞恨更长。来此已是。梅香，请他起来。（副净向内介）韩老爷，请起来，夫人在这里看你。（生上）令爱不堪偕伉俪[12]，老堂空自费调停。夫人到此何干？（小旦）贤婿请坐了，有话要求教。（坐介）贤婿，舍下虽则贫寒，小女纵然丑陋，即蒙贤婿不弃，结了朱陈[13]之好，就该俯就姻盟。为甚的愁眉怨气，全没些燕尔之容？独宿孤眠，成甚么新婚之体？贤婿自有缘故，毕竟为着何来？（生）下官不与令爱同床，自然有些缘故。明人不须细说，岳母请自参详。（小旦）莫非为寒家门户不对？（生）都是仕宦人家，门户有什么不对？（小旦）这等，为小女容貌不佳？（生）容貌还是小事。（小旦）哦，我知道了。是怪舍下妆奁[14]不齐整？老身曾与戚年伯说过，家主不在家，无人料理，待老爷回来，从头办起未迟。难道这句话，贤婿不曾听见？（生微笑介）妆奁甚么大事，也拿来讲起？

【品令】便是荆钗布裙，只要德配也相投。况如今珠围翠绕，还堪度春秋。（小旦）这等为甚么？（生）只为伊家令爱有声扬中冓[15]。我笑你府上呵，妆奁都备，只少个扫苫除墙的佳帚。我只怕荆棘牵衣，因此上刻刻堤防不举头。

（小旦大惊介）照贤婿这等说起来，我像有甚么闺门不谨的事了？自古道："眼见是实，耳闻是虚。"贤婿所闻的话，焉知不出于仇口？（生）别人的话，那里信得？是我亲眼见的。（小旦大惊介）我家闺阃[16]的事，贤婿怎么看见？是何年、何月？那一桩事？快请讲来。（生）事到如今，我也不得不说了。去年清明，戚公子拿个风筝，来央我画。我题一首诗在上面，不想他放断了线，落在贵府之中。（小旦）这是真的。老身与小女同拾到的。（生）后来着人来取去，令爱和一首诗在后面。（小旦）也这是真的，是老身叫他和的。（生）后来我自家也放风筝，不想也落在府上；及至着小价[17]来取，谁知令爱教个老妪，约我说起话来。（小旦惊介）这就是他瞒我做的事了。或者是他怜才的意思，也不可知。这等贤婿来了不曾？

（生）我当晚进来，只说面订婚姻之约，待央媒说合过了，然后明婚正娶的。不想走进来的时节，我手还不曾动，口还不曾开，多蒙令爱的盛情，不待仰攀，竟来俯就。如今在夫人面前，不便细述，只好言其大概而已。我心上思量，妇人家所重在德，所戒在淫；况且是个处子[18]，怎么"廉耻"二字全然不顾？彼时被我洒脱袖子，跑了出去，方才保得自己的名节，不曾敢污令爱的尊躯。

【豆叶黄】亏得我把衣衫洒脱，才得干休。险些做了个轻薄儿郎，险些做了个轻薄儿郎，到如今，这个清规也难守。（小旦）既然如此，贤婿就该别选高门，另偕伉俪了，为甚么又来聘这个不肖的东西？（生）我在京中，哪里知道是戚老伯背后聘的。如今悔又悔不得，只得勉强应承。不敢瞒夫人说，这一世与令爱只好做个名色夫妻，若要同床共枕，只怕不能够了。名为夫妇，实为寇仇，若要做实在夫妻，若要做实在夫妻，纵掘到黄泉，也相见还羞[19]。

（小旦）这等说起来，是我家的孽障不是了。怪不得贤婿见绝。贤婿请便，待老身去拷问他。（生）慈母尚难含忍，怎教夫婿相容？（下）（小旦）他方才说来的话，字字顶真，一毫也不假。后面那一段事，他瞒了我做，我哪里知道？千不是、万不是，是我自家的不是！当初教他做甚么诗，既做了诗，怎么该把外人拿去？我不但治家不严，又且诱人犯法了。日后老爷回来知道，怎了得！（行到介）不争气的东西在哪里！（闷坐气介）（内打四更介）

【玉交枝】（旦上）呼声何骤？好教人惊疑费筹[20]。（见小旦介）母亲为何这等恼？（小旦）你瞒了我做得好事！（旦惊介）孩儿不曾瞒母亲做甚么事。（小旦）去年风筝的事，你忘了？（旦背想介）是了，去年风筝上的诗，拿了出去，或者韩郎看见，说我与戚公子唱和，疑我有什么私情，方才对母亲说了。（对小旦介）去年风筝上的诗，是母亲叫孩儿做的；后来戚家来取，又是母亲把还他的，干孩儿甚么事？（小旦）我把他拿去，难道教你约他来相会的？（旦大惊介）怎么，我几时把人约黄昏后[21]？向母亲求个分剖。（小旦）你还要赖！起先戚家风筝上的诗是韩郎做的；后来韩郎也放一个风筝进来，你

教人约他相会,做出许多丑态,被他看破,他如今怎么肯要你!(旦大惊,呆视介)这些话是哪里来的?莫非是他见了鬼?(高声哭介)天哪!我和他有甚么冤仇,平空造这样的谤言来玷污我!**今生与伊无甚仇,为甚的擅开含血喷人口!**(小旦掩旦口介)你还要高声,不怕隔壁娘儿两个^[22]听见?今日喜得那老东西不曾过来,若过来看见,我今晚就要吊死!**我细思量,如何盖羞!细量思,如何盖羞!**

(内打五更介)料想今晚做不成亲了,你且去睡,待明日再做道理。粪缸越搂越臭。(旦)奇冤不雪不明。(下)(小旦)这桩事好不明白。照女婿说来,千真万真;照他说来,一些影响也没有。就是真的,他自己怎么肯承认?我有道理,只拷问是哪个丫环约他进来的就是了。(对副净介)是你引进来的么?(副净)阿弥陀佛!我若引他进来,教我明日嫁个男子,也像这样不肯成亲。(小旦)掌灯!我再去问。(行介)(副净请介)(生上)说明分散去,何事又来缠?(小旦)方才的事,据贤婿说,确然不假;据小女说,影响全无。这"莫须有"^[23]三字也难定案。请问贤婿去年进来,可曾看见小女么?(生)怎么不曾见?(小旦)这等还记得小女的面貌么?(生)怎么不记得?世上那里还有第二个像令爱的尊容?(小旦)这等方才进房的时节,可曾看看小女不曾?(生)也不消记得,看了倒要难过起来。(小旦)这等待我教小女出来,请贤婿认一认,若果然是他,莫说贤婿不要他为妻,连老身也不要他为女了。恐怕事有差讹,也不见得。(生)这等就教出来认一认。(小旦)叫丫环,多点几支蜡烛,去照小姐出来。(丑应下)(生)只怕认也是这样,不认也是这样。(小旦背介)天哪!保佑他眼睛花一花,认不出也好。(老旦、副净持灯,照旦上)请将见鬼疑神眼,来认冰清玉洁人。(小旦)小女出来了,贤婿请认。(老旦、副净擎灯高照;生遥认,惊背介)呀!怎么竟变做一个绝世佳人?难道是我眼睛花了?(拭目介)

【六幺令】**把双睛重揉。**(近身细认,又惊,背介)**逼真是一个绝世佳人!那里是幻影空花,眩我昏眸?谁知今日醉温柔?真娇艳,果风流!不枉我铁鞋踏破^[24]寻佳偶,铁鞋踏破寻佳偶!**

(小旦)贤婿，可是去年那一个么？(生摇手介)不是，不是，一些也不是！(小旦)这等看起来，与我小女无干，是贤婿认错了人了。(生)岂但认错了人，竟是活见了鬼！小婿该死一千年了！(小旦)这等老身且去，你们成了亲罢。(生)岳母快请回。小婿暂且告罪，明日还要负荆[25]。(小旦笑介)不是一番疑彻骨，怎得千重喜上眉[26]？(老旦、副净随下)(生急闭门，向旦温存介)小姐，夜深了，请安置罢。(旦不理介)(生)是下官认错了人，冒犯小姐，告罪了。(长揖介)(旦背立，不理介)

【江儿水】(生)虽则是长揖难辞谴，须念我低头便识羞。我劝你层层展却眉间皱，盈盈[27]拭却腮边溜，纤纤松却胸前扣。请听耳边更漏，已是丑末寅初[28]，休猜做半夜三更时候。

（内作鸡鸣介）(生慌介)小姐，鸡都鸣了，还不快睡！下官没奈何，只得下全礼了。(跪介)(旦扶起介)

【川拨棹】(生)蒙慈宥，把前情一笔勾，霁[29]红颜，渐展眉头；霁红颜，渐展眉头。也亏我屈黄金，先陪膝头[30]。请宽衣，莫怕羞，急吹灯，休逗留。

【尾声】良宵空把长更守，那晓得佳人非旧，被一个作孽的风筝误到头！

鸳鸯对面不相亲，好事从来磨杀人。

临到手时犹费口，最伤情处忽迷神。

【题解】

这是关于一对丑男女和一对美男女错综误会，妙趣横生的故事。戚补臣的亲子戚友先乃纨袴子弟，养子韩世勋为风流才子。近邻詹烈侯的梅柳二妾分别养育出粗野奇丑的爱娟和才貌双全的淑娟，因二妾经常争执而分住东西两院。一日友先放风筝落在淑娟院中，风筝上有世勋题的诗，淑娟奉母命和诗，世勋一见和诗大喜，再题诗于风筝上，想借此和题诗女子通情。不想风筝落到爱娟院里，于是爱娟冒充淑娟，世勋冒充友先深夜幽会，世勋被对方的仪容举止吓走。后来世勋中状元，立战功，戚补臣作主，为他与淑娟定亲。世勋以为新娘是幽会见过的爱娟，极端厌恶却又推搪不过，于是有了以上这出好戏。

这出戏的开头，一方面是韩世勋被风筝带来的误会蒙在鼓里，另一方面是淑娟母女被韩世勋的态度所惊疑。矛盾由暗到明，节节发展，以辨面认淑娟相貌为转折点，却又不是一举解纷，而以淑娟怪罪再起一波，方才收煞。在情节的安排和细节的处理上可谓极尽曲家之能事。在宾白方面，作者有意追求通俗易懂而又富于情趣的效果。如世勋谈到詹女的"尊容"时，语语双关，本义指爱娟的极丑，但也可以理解为指淑娟的极美，既表达了世勋的嘲讽，又不直接得罪詹母，这些都是深得曲家三昧的绝妙台词。

本出据《中国戏曲选》移录。

【作者简介】

李渔（1610—1680），字笠翁，浙江兰溪人。清初时组织戏班，为官僚豪绅演出凑趣，也受到市民的欢迎。他以《闲情偶寄》和《笠翁十种曲》奠定其杰出戏曲理论家和著名剧作家的地位。

【注释】

〔1〕邻家娘儿：指梅夫人。

〔2〕合卺：见《拜月亭》注〔43〕。

〔3〕相度：指举止、风度。

〔4〕祜（hù户）祐：祜，福荫。祐，保佑。辐辏（fú còu扶凑）：这里比喻天缘凑合。辐，辐条，车轮半径上的直木。辏，指辐条集中在车轮圆心。

〔5〕蓬莱：传说中的海上仙山。好逑（qiú求）：好配偶。《诗经·周南·关雎》："窈窕淑女，君子好逑。"

〔6〕那许多恶状：指爱娟约会韩世勋时的丑态，并非淑娟所为。情节详见第十三出"惊丑"。

〔7〕善病的相如体态柔：相如，即司马相如，汉代著名文学家。据说他患有消渴病，即糖尿病。

〔8〕醉眠花柳：指嫖宿娼妓。

〔9〕檀郎：晋代潘岳，小名檀奴，他姿仪美好，很受妇人喜欢，后来就用檀郎代指美男子或情郎。金钏：金手镯。翠翘：翠鸟尾上的长毛叫翘，这里指形似翠尾的头饰。

〔10〕阍（hūn昏）：原指守门人，这里指代门。

〔11〕不慊（qiè窃）：不满意。

〔12〕伉俪（kàng 抗丽）：夫妻。

〔13〕朱陈:村名,在今江苏省丰县东南。白居易《朱陈村诗》云:"徐州古丰县,有村曰朱陈;一村唯两姓,世世为婚姻。"后因以朱陈为两姓缔结婚姻之辞。

〔14〕妆奁(lián 连):指嫁妆。

〔15〕中冓(gòu 够):内室。《诗经·鄘风·墙有茨》有:"中冓之言,不可道也。"因此下文以"少个扫茨除墙的佳帚",讽刺柳夫人闺门不整。

〔16〕闺阃(kǔn 捆):即闺房。

〔17〕小价:自家奴仆的谦称。这里价音介,与价值之价不同。

〔18〕处子:即处女。

〔19〕"纵掘到黄泉"两句:这里借用郑庄公掘地见母的故事。郑庄公与母姜氏不和,他发誓说:"不及黄泉,无相见也!"这里韩生表示誓死不与詹家女儿相好。

〔20〕费筹:费踌躇。

〔21〕人约黄昏后:用欧阳修〔生查子〕词句,相传这是一首描写男女幽会的词。

〔22〕隔壁娘儿两个:指梅夫人与爱娟。

〔23〕莫须有:宋代秦桧诬陷岳飞谋反,韩世忠质问他有无证据,秦桧答"莫须有",意即"无须有"。后来用以表示凭空捏造。

〔24〕铁鞋踏破:用俗语"踏破铁鞋无觅处,得来全不费功夫"。

〔25〕荆:荆条,古时用作打人的器具。战国时,蔺相如和廉颇是赵国的文臣和武将,廉颇因官位在蔺相如之下,心中不服,扬言要羞辱他。而蔺相如为了国家利益,处处谦避。后来廉颇知道,就背上荆条到蔺家去请罪。(见《史记·廉颇蔺相如列传》)后人便用"负荆请罪"表示认错。

〔26〕"不是"二句:套用"不是一番寒彻骨,怎得梅花扑鼻香"句式。

〔27〕盈盈:泪水充溢的样子。

〔28〕丑末寅初:丑寅,属地支。古时用作记时的单位。丑末寅初,相当于现在凌晨三时左右。

〔29〕霁(jì 济):原指雨过天晴。这里用来比喻怒气消释,脸色转和。

〔30〕"屈黄金,先陪膝头":化用俗语"男儿膝下有黄金"(表示男人不能轻易下跪)。

长 生 殿

洪 昇

第三十八出 弹 词

（末〈李龟年〉白须、旧衣帽抱琵琶上）"一从鼙鼓起渔阳[1]，宫禁俄看蔓草荒。留得白头遗老在，谱将残恨说兴亡。"老汉李龟年，昔为内苑伶工，供奉梨园，蒙万岁爷十分恩宠。自从朝元阁教演《霓裳》，曲成奏上，龙颜大悦，与贵妃娘娘，各赐缠头[2]，不下数万。谁想禄山造反，破了长安，圣驾西巡，万民逃窜。俺每梨园部中，也都七零八落，各自奔逃。老汉来到江南地方，盘缠都使尽了，只得抱着这面琵琶，唱个曲儿糊口。今日乃青溪[3]鹫峰寺大会，游人甚多，不免到彼卖唱。（叹科）哎，想起当日天上清歌，今日沿门鼓板，好不颓气人也。（行科）

【南吕一枝花】不提防余年值乱离，逼拶得[4]歧路遭穷败。受奔波风尘颜面黑，叹衰残霜雪鬓须白。今日个流落天涯，只留得琵琶在。揣羞脸，上长街，又过短街。那里是高渐离击筑悲歌，倒做了伍子胥吹箫也那乞丐[5]。

【梁州第七】想当日奏清歌趋承金殿，度新声供应瑶阶。说不尽九重天上恩如海：幸温泉骊山[6]雪霁，泛仙舟兴庆莲开，玩婵娟华清宫殿，赏芳菲花萼楼台[7]。正担承雨露深泽，蓦遭逢天地奇灾。剑门关尘蒙了凤辇鸾舆，马嵬坡血污了天姿国色[8]，江南路哭杀了瘦骨穷骸。可哀落魄，只得把《霓裳》御谱沿门卖，有谁人喝声采！空对着六代[9]园陵草树埋，满目兴衰。

（虚下）（小生〈李谟〉巾服上）"花动游人眼，春伤故国心。《霓裳》人去后，无复有知音。"小生李谟[10]，向在西京留滞，乱后方回。自从宫墙之外，偷按《霓裳》数叠，未能得其全谱。昨闻有一老者，抱着琵琶卖唱。人人都说手法不同,像个梨园旧人。今日鹫峰寺大会,想他必在那里,不免前去寻访一番。一路行来,你看游人好不盛也。(外巾服,副净衣帽,净长帽、帕子包首,扮山西客,携丑扮妓上)(外)"闲步寻芳惜好春",(副净)"且看盛会逐游人"。(净)大姐,咱和你"及时行乐休空过",(丑)客官,"好听琵琶一曲新"。(小生向副净科)老兄请了。动问这位大姐,说什么"琵琶一曲新"?(副净)老兄不知,这里新到一个老者,弹得一手好琵琶。今日在鹫峰寺赶会,因此大家同去一听。(小生)小生正要去寻他,同行如何?(众)如此极好。(同行科)行行去去,去去行行,已到鹫峰寺了。就此进去。(同进科)(副净)那边一个圈子,四围板凳,想必是波。我每一齐捱进去,坐下听者。(众作坐科)(末上见科)列位请了,想都是听曲的。请坐了,待在下唱来请教波。(众)正要领教。(末弹琵琶唱科)

【转调货郎儿】唱不尽兴亡梦幻,弹不尽悲伤感叹,大古里[11]凄凉满眼对江山。我只待拨繁弦传幽怨,翻别调[12]写愁烦,慢慢的把天宝当年遗事弹。

(外)天宝遗事,好题目波。(净)大姐,他唱的是什么曲儿,可就是咱家的西调[13]么?(丑)也差不多儿。(小生)老丈,天宝年间遗事,一时那里唱得尽者。请先把杨贵妃娘娘,当时怎生进宫,唱来听波。(末弹唱科)

【二转】想当初庆皇唐太平天下,访丽色把蛾眉选刷。有佳人生长在弘农[14]杨氏家,深闺内端的玉无瑕。那君王一见了欢无那,把钿盒金钗亲纳,评跋做昭阳[15]第一花。

(丑)那贵妃娘娘,怎生模样波?(净)可有咱家大姐这样标致么?(副净)且听唱出来者。(末弹唱科)

【三转】那娘娘生得来仙姿佚貌[16],说不尽幽闲窈窕,真个是花输双颊柳输腰。比昭君增妍丽,较西子倍风标,似观音飞来海峤[17],恍嫦娥偷离碧霄。更春情韵饶,春酣态娇,春眠梦悄。总有好丹青,那百样娉婷难画描[18]。

(副净笑科)听这老翁说的杨娘娘标致,怎般活现,倒像是亲眼见的,敢则谎也。(净)只要唱得好听,管他谎不谎。那时皇帝怎么样看待她来,快

唱下去者。(末弹唱科)

【四转】那君王看承得似明珠没两,镇日里高擎在掌,赛过那汉宫飞燕倚新妆[19]。可正是玉楼中巢翡翠,金殿上锁着鸳鸯[20]。宵偎昼傍,直弄得个伶俐的官家颠不剌、懵不剌[21]撇不下心儿上。弛了朝纲,占了情场,百支支[22]写不了风流帐。行厮并,坐厮当[23]。双,赤紧的[24]倚了御床,博得个月夜花朝同受享。

(净倒科)哎呀,好快活,听的咱似雪狮子向火哩。(丑扶科)怎么说?(净)化了。(众笑科)(小生)当日宫中有《霓裳羽衣》一曲,闻说出自御制,又说是贵妃娘娘所作,老丈可知其详?请唱与小生听咱。(末弹唱科)

【五转】当日呵,那娘娘在荷庭把宫商细按[25],谱新声将《霓裳》调翻。昼长时亲自教双鬟[26]。舒素手,拍香檀,一字字都吐自朱唇皓齿间。恰便似一串骊珠,声和韵闲,恰便似莺与燕弄关关,恰便似鸣泉花底流溪涧,恰便似明月下泠泠清梵,恰便似缑岭上鹤唳高寒,恰便似步虚仙珮夜珊珊[27]。传集了梨园部、教坊班,向翠盘中高簇拥着个娘娘,引得那君王带笑看。

(小生)一派仙音,宛然在耳,好形容波。(外叹科)哎,只可惜当日天子宠爱了贵妃,朝欢暮乐,致使渔阳兵起。说起来令人痛心也!(小生)老丈,休只埋怨贵妃娘娘。当日只为误任边将,委政权奸,以致庙谟[28]颠倒,四海动摇。若使姚、宋[29]犹存,那见得有此。(外)这也说的是波。(末)嗨,若说起渔阳兵一事,真是天翻地覆,惨目伤心。列位不嫌絮烦,待老汉再慢慢弹唱出来者。(众)愿闻。(末弹唱科)

【六转】恰正好呕呕哑哑《霓裳》歌舞,不提防扑扑突突渔阳战鼓[30]。划地里出出律律纷纷攘攘奏边书[31],急得个上上下下都无措。早则是喧喧嗾嗾、惊惊遽遽、仓仓卒卒、挨挨拶拶出延秋西路[32],銮舆后携着个娇娇滴滴贵妃同去。又只见密密匝匝的兵,恶恶狠狠的语,闹闹炒炒、轰轰剆剆[33]四下喧呼,生逼散恩恩爱爱、疼疼热热帝王夫妇。霎时间画就了这一幅惨惨凄凄绝代佳人绝命图。

(外、副净同叹科)(小生泪科)哎,天生丽质,遭此惨毒。真可怜也!(净

笑科）这是说唱，老兄怎么认真掉下泪来！（丑）那贵妃娘娘死后，葬在
何处？（末弹唱科）

【七转】破不剌^[34]马嵬驿舍，冷清清佛堂倒斜。一代红颜为君绝，
千秋遗恨滴罗巾血。半棵树是薄命碑碣，一抔土是断肠墓穴。再无
人过荒凉野，莽天涯谁吊梨花谢！可怜那抱幽怨的孤魂，只伴着呜咽
咽的望帝悲声啼夜月^[35]。

（外）长安兵火之后，不知光景如何？（末）哎呀，列位，好端端一座锦绣
长安，自被禄山破陷，光景十分不堪了。听我再弹波。（弹唱科）

【八转】自銮舆西巡蜀道，长安内兵戈肆扰。千官无复紫宸^[36]朝，
把繁华顿消，顿消。六宫中朱户挂蟏蛸^[37]，御榻傍白日狐狸啸。
叫鸱鸮^[38]也么哥，长蓬蒿也么哥。野鹿儿乱跑，苑柳宫花一半儿
凋。有谁人去扫，去扫！玳瑁空梁燕泥儿抛^[39]，只留得缺月黄昏
照。叹萧条也么哥，染腥臊也么哥！染腥臊，玉砌空堆马粪高。

（净）呸，听了半日，饿得慌了。大姐，咱和你喝烧刀子，吃蒜包儿去。（做
腰边解钱与末，同丑诨下）（外）天色将晚，我每也去罢。（送银科）酒资
在此。（末）多谢了。（外）无端唱出兴亡恨，（副净）引得傍人也泪流。（同
外下）（小生）老丈，我听你这琵琶，非同凡手。得自何人传授？乞道其详。
（末）

【九转】这琵琶曾供奉开元皇帝，重提起心伤泪滴。（小生）这等说起
来，定是梨园部内人了。（末）我也曾在梨园籍上姓名题，亲向那沉香亭
花里去承值，华清宫宴上去追随。（小生）莫不是贺老？（末）俺不是
贺家的怀智^[40]。（小生）敢是黄幡绰？（末）黄幡绰同咱皆老辈。（小
生）这等想必是雷海青？（末）我虽是弄琵琶却不姓雷。他呵，骂逆贼
久已身死名垂。（小生）这等，想必是马仙期了。（末）我也不是擅场方响^[41]
马仙期，那些旧相识都休话起。（小生）因何来到这里？（末）我只为家
亡国破兵戈沸，因此上孤身流落在江南地。（小生）毕竟老丈是谁波？
（末）您官人絮叨叨苦问俺为谁，则俺老伶工名唤做龟年身姓李。

（小生揖科）呀，原来却是李教师。失瞻了。（末）官人尊姓大名，为何知道老汉？（小生）小生姓李，名谟。（末）莫不是吹铁笛的李官人么？（小生）然也。（末）幸会，幸会。（揖科）（小生）请问老丈，那《霓裳》全谱可还记得波？（末）也还记得，官人为何问他？（小生）不瞒老丈说，小生性好音律，向客西京[42]。老丈在朝元阁演习《霓裳》之时，小生曾傍着宫墙，细细窃听，已将铁笛偷写数段。只是未得全谱，各处访求，无有知者。今日幸遇老丈，不识肯赐教否？（末）既遇知音，何惜末技。（小生）如此多感，请问尊寓何处？（末）穷途流落，尚乏居停[43]。（小生）屈到舍下暂住，细细请教何如？（末）如此甚好。

【煞尾】俺一似惊乌绕树向空枝外[44]，谁承望做旧燕寻巢入画栋来。今日个知音喜遇知音在，这相逢，异哉！恁相投，快哉！李官人呵，待我慢慢的传与你这一曲《霓裳》播千载。

（末）桃蹊柳陌好经过，	张　籍
（小生）聊复回车访薜萝[45]。	白居易
（末）今日知音一留听，	刘禹锡
（小生）江南无处不闻歌。	顾　况

【题解】

　　唐明皇与杨贵妃这一对盛世君主与绝代佳人的生死恋情，注定要与国家政治密切相关，既有风波叠起的戏剧性，又有盘根错节的复杂性。本剧一来写出帝妃的生活特色：穷奢极欲的享受与你死我活的争斗；二来写出浪漫的至情色彩、风流蕴藉，生死不渝；三来写出李杨生活是如何波及政治，祸国殃民。比较成功地体现了作者"垂戒来世"的一番苦心。

　　本出写宫廷艺人李龟年在安史之乱后，境遇一落千丈，在卖唱生涯中回忆美妙的过去，重现乱世中的惨况，忆甜思苦，痛定思痛，传达出乐极哀来，沧桑尽变的万千感慨，同时也真实地写出普通百姓把帝妃兴亡只看成纯粹说唱的淡漠心态。其曲白的优美、沉郁、妥贴，使本出在当时就受到普遍的欢迎，以致有"家家收拾起，户户不提防"（"不提防"是本出第一句曲词）的说法。

　　本出据《中国戏曲选》移录。

【作者简介】

洪昇(1645—1704),浙江钱塘人。当过二十多年的太学生,连一官半职都没有,生活困窘。本剧是他经营十年的作品,此外还著有杂剧《四婵娟》。

【注释】

〔1〕鼙鼓:古代骑兵用的小鼓。渔阳:指唐时的范阳郡。"一从"句,指天宝十四年安禄山从范阳郡起兵反唐。

〔2〕缠头:给歌舞演员的赏钱。教演《霓裳》情节,详见第十四出"偷曲"、第十六出"舞盘"。

〔3〕青溪:南京的一条河名,鹫峰寺即在其旁。

〔4〕逼拶(zā 咂)得:逼得。

〔5〕"那里是高渐离击筑悲歌"二句:意思是说,不是慷慨悲歌,只是忍辱求生。高渐离,战国时燕国人,他的朋友荆轲应燕国太子丹的要求,到秦国去行刺秦王。荆轲出发时,高渐离就在易水边击筑悲歌送别。筑:一种敲击乐器。伍子胥:战国时楚国人,父兄被楚平王杀害,伍子胥逃到吴国,吹箫求乞。也那:衬字,无义。

〔6〕骊山:在陕西省临潼县东南。唐玄宗在这里建华清宫。

〔7〕兴庆:兴庆池,在长安城内。玩婵娟:赏月。花萼楼:唐代宫殿名。

〔8〕剑门关尘蒙着凤辇鸾舆:指唐玄宗逃难到四川。剑门关:在四川剑阁县北。旧时称皇帝逃难为蒙尘。马嵬坡血污了天姿国色:指杨贵妃被赐死马嵬坡。

〔9〕六代:即吴、东晋、宋、齐、梁、陈六个朝代。这六代都建都于南京。

〔10〕李谟:元稹《连昌宫词》:"李谟撷笛傍宫墙,偷得新翻数般曲。"本剧第十四出《偷曲》,即演其事。

〔11〕大古里:总是。

〔12〕翻别调:变动着曲调,另奏新曲。

〔13〕西调:指西北地区陕西、甘肃一带的地方音乐。

〔14〕弘农:汉代郡名。包括今河南省洛阳、内乡以西至陕西省商县以东一带。相传杨贵妃是弘农郡人。

〔15〕欢无那:快乐得无法摆脱。昭阳:昭阳殿,汉宫名,赵飞燕居住过的地方。这里指唐宫。此段情节详见第二出"定情"。

〔16〕佚(yì 逸)貌:美貌。

〔17〕海峤(qiáo 侨):海上的山。峤,山尖而高。

〔18〕丹青:图画,引申为画师、画家。此二句用宋代王安石《昭君引》中"意态由来画不成"句意。

〔19〕看承得:看待得。没两:没有第二个,独一无二。镇日:整天。汉宫飞燕:指汉成帝的宠妃赵飞燕,后封为皇后;倚新妆:形容她新妆后的神态姿容。这句词从李白《清平调》"可怜飞燕倚新妆"变化而来。

〔20〕巢:这里作动词用,做窝的意思。翡翠:鸟名。此用李白《宫中行乐词·其二》诗句:"玉楼巢翡翠,金殿锁鸳鸯。"

〔21〕官家:即皇上。颠不剌,懵不剌:颠颠倒倒,懵懵懂懂。不剌:语助词,无义。

〔22〕百支支:形容话语之多。

〔23〕厮当:相对。

〔24〕赤紧的:真正的、实在的。

〔25〕宫商细按:指认真细心地揣摩着音乐。此段情节详见第十二出"制谱"。

〔26〕双鬟:丫环、婢女。这里指宫女。

〔27〕骊珠:见《文姬入塞》注〔6〕,形容歌声的圆润。关关:形容清脆的鸟鸣声。梵:梵音,佛教徒诵经的声音。缑(gōu钩)岭:即缑氏山,一名覆釜堆,在河南境内。《列仙传》说,周灵王太子晋,在该山乘白鹤升仙。虚:虚空,这里指天上。步虚:指升仙。此段情节详见第十六出"舞盘"。

〔28〕庙谟:朝政。

〔29〕姚:姚崇;宋:宋璟。他们是唐玄宗时代的名臣,是开创"开元之治"的重要人物。

〔30〕"恰正好"两句,用白居易《长恨歌》中"渔阳鼙鼓动地来,惊破霓裳羽衣曲"句意。

〔31〕划(chǎn产)地里:突然。边书:指边境上送来的告急文件。

〔32〕挨挨拶拶:挤挤拥拥的意思。延秋西路:长安西南二门,南曰延秋,北曰玄武。

〔33〕轰轰剨剨(huō豁):形容响亮喧闹的声音。

〔34〕破不剌:破烂。此段情节详见第二十五出"埋玉"。

〔35〕望帝:见《琵琶记》注〔14〕。此二句情景详见第二十七出"冥追",第三十出"情悔"。

〔36〕紫宸(chén晨):朝廷。

〔37〕蟏蛸(xiāo shāo萧捎):一种暗褐色身体细长的蜘蛛。

〔38〕鸱鸮(chī xiāo吃萧):一种类似猫头鹰的猛禽。

〔39〕"玳瑁"句:合用隋代薛道衡《昔昔盐》中"空梁落燕泥",与唐代沈佺期《古意呈补阙乔知之》中"海燕双栖玳瑁梁"诗句,表现人去堂空的凄凉状况。玳瑁,一种爬行动物,其甲壳可做装饰品。

〔40〕贺家的怀智:贺怀智和下文的黄旛绰、雷海青、马仙期,都是当时梨园乐工。雷海青骂贼情节详见第二十八出《骂贼》。

〔41〕方响:铜制的乐器。

〔42〕向客：过去客居；西京：指唐代京城长安。

〔43〕居停：寓所。

〔44〕"惊乌"句，化用曹操《短歌行》："月明星稀，乌鹊南飞，绕树三匝，何枝可依。"

〔45〕薜萝：一种爬藤植物，常用于装饰屋顶墙壁，在此指代旧居。

桃 花 扇

孔尚任

第七出　却　奁

癸未^[1]三月

（杂扮保儿^[2]掇马桶上）龟尿龟尿，撒出小龟；鳖血鳖血，变成小鳖。龟尿鳖血，看不分别；鳖血龟尿，说不清白。看不分别，混了亲爹；说不清白，混了亲伯^[3]。（笑介）胡闹，胡闹！昨日香姐上头^[4]，乱了半夜；今日早起，又要刷马桶，倒溺壶，忙个不了。那些孤老、表子^[5]还不知搂到几时哩。（刷马桶介）

【夜行船】末〈杨文骢〉人宿平康深柳巷^[6]，惊好梦门外花郎。绣户未开，帘钩才响，春阻十层纱帐。

下官杨文骢^[7]，早来与侯兄道喜。你看院门深闭，侍婢无声，想是高眠未起。（唤介）保儿，你到新人窗外，说我早来道喜。（杂）昨夜睡迟了，今日未必起来哩。老爷请回，明日再来罢。（末笑介）胡说！快快去问。（小旦〈李贞丽〉^[8]内问介）保儿！来的是那一个？（杂）是杨老爷道喜来了。（小旦忙上）倚枕春宵短，敲门好事多。（见介）多谢老爷，成了孩儿一世姻缘。（末）好说。（问介）新人起来不曾？（小旦）昨晚睡迟，都还未起哩。（让坐介）老爷请坐，待我去催他。（末）不必，不必。（小旦下）

【步步娇】（末）儿女浓情如花酿，美满无他想，黑甜共一乡^[9]。可也亏了俺帮衬，珠翠辉煌，罗绮飘荡，件件助新妆，悬出风流榜。

（小旦上）好笑，好笑！两个在那里交扣丁香，并照菱花^[10]，梳洗才完，穿戴未毕。请老爷同到洞房，唤他出来，好饮扶头卯酒[11]。（末）惊却好梦，得罪不浅。（同下）（生〈侯朝宗〉、旦〈李香君〉[12]艳妆上）

【沉醉东风】（生、旦）这云情接着雨况[13]，刚搔了心窝奇痒，谁搅起睡鸳鸯。被翻红浪[14]，喜匆匆满怀欢畅。枕上余香，帕上余香，消魂滋味，才从梦里尝。

（末、小旦上）（末）果然起来了，恭喜，恭喜！（一揖，坐介）（末）昨晚催妆拙句[15]，可还说的入情么？（生揖介）多谢！（笑介）妙是妙极了，只有一件。（末）那一件？（生）香君虽小，还该藏之金屋。（看袖介）小生衫袖，如何着得下？（俱笑介）（末）夜来定情，必有佳作。（生）草草塞责，不敢请教。（末）诗在那里？（旦）诗在扇头。（旦向袖中取出扇介）（末接看介）是一柄白纱宫扇。（嗅介）香的有趣。（吟诗介）妙，妙！只有香君不愧此诗。（付旦介）还收好了。（旦收扇介）

【园林好】（末）正芬芳桃香李香，都题在宫纱扇上。怕遇着狂风吹荡，须紧紧袖中藏，须紧紧袖中藏。

（末看旦介）你看香君上头之后，更觉艳丽了。（向生介）世兄有福，消此尤物。（生）香君天姿国色，今日插了几朵珠翠，穿了一套绮罗，十分花貌，又添二分，果然可爱。（小旦）这都亏了杨老爷帮衬哩。

【江儿水】送到缠头锦，百宝箱，珠围翠绕流苏帐[16]，银烛笼纱通宵亮，金杯劝酒合席唱。今日又早早来看，恰似亲生自养，赔了妆奁，又早敲门来望。

（旦）俺看杨老爷，虽是马督抚[17]至亲，却也拮据作客，为何轻掷金钱，来填烟花之窟？在奴家受之有愧，在老爷施之无名；今日问个明白，以便图报。（生）香君问得有理，小弟与杨兄萍水相交，昨日承情太厚，也觉不安。（末）既蒙问及，小弟只得实告了。这些妆奁酒席，约费二百余金，皆出怀宁之手。（生）那个怀宁？（末）曾做过光禄的阮圆海。（生）是那皖人阮大铖[18]么？（末）正是。（生）他为何这样周旋？（末）不过欲纳交足下之意。

【五供养】（末）羡你风流雅望，东洛才名[19]，西汉文章。逢迎随处有，争看坐车郎[20]。秦淮妙处，暂寻个佳人相傍，也要些鸳鸯被、芙蓉妆；你道是谁的，是那南邻大阮，嫁衣全忙[21]。

（生）阮圆老原是敝年伯，小弟鄙其为人，绝之已久。他今日无故用情，令人不解。（末）圆老有一段苦衷，欲见白于足下。（生）请教。（末）圆老当日曾游赵梦白之门，原是吾辈。后来结交魏党，只为救护东林，不料魏党一败，东林反与之水火[22]。近日复社诸生，倡论攻击，大肆殴辱，岂非操同室之戈乎？圆老故交虽多，因其形迹可疑，亦无人代为分辩。每日向天大哭，说道："同类相残，伤心惨目，非河南侯君，不能救我。"所以今日谆谆纳交。（生）原来如此，俺看圆海情辞迫切，亦觉可怜。就便真是魏党，悔过来归，亦不可绝之太甚，况罪有可原乎？定生、次尾[23]，皆我至交，明日相见，即为分解。（末）果然如此，吾党之幸也。（旦怒介）官人是何说话，阮大铖趋附权奸，廉耻丧尽；妇人女子，无不唾骂。他人攻之，官人救之，官人自处于何等也？

【川拨棹】不思想，把话儿轻易讲。要与他消释灾殃，要与他消释灾殃，也提防旁人短长。官人之意，不过因他助俺妆奁，便要徇私废公；那知道这几件钗钏衣裙，原放不到我香君眼里。（拔簪脱衣介）脱裙衫，穷不妨；布荆人，名自香。

（末）阿呀！香君气性，忒也刚烈。（小旦）把好好东西，都丢一地，可惜，可惜！（拾介）（生）好，好，好！这等见识，我倒不如，真乃侯生畏友也。（向末介）老兄休怪，弟非不领教，但恐为女子所笑耳。

【前腔】（生）平康巷，他能将名节讲；偏是咱学校朝堂，偏是咱学校朝堂，混奸贤不问青黄。那些社友平日重俺侯生者，也只为这点义气；我若依附奸邪，那时群起来攻，自救不暇，焉能救人乎？节和名，非泛常；重和轻，须审详。

（末）圆老一段好意，也还不可激烈。（生）我虽至愚，亦不肯从井救人[24]。

（末）既然如此，小弟告辞了。（生）这些箱笼，原是阮家之物，香君不用，留之无益，还求取去罢。(末)正是"多情反被无情恼，乘兴而来兴尽还[25]"。(下)(旦恼介)(生看旦介)俺看香君天姿国色，摘了几朵珠翠，脱去一套绮罗，十分容貌，又添十分，更觉可爱。(小旦)虽如此说，舍了许多东西，倒底可惜。

【尾声】金珠到手轻轻放，惯成了娇痴模样，辜负俺辛勤做老娘[26]。

(生)些须东西，何足挂念，小生照样赔来。(小旦)这等才好。

(小旦)花钱粉钞[27]费商量，(旦)裙布钗荆也不妨。

(生)只有湘君能解佩[28]，(旦)风标不学世时妆。

【题解】

　　复社文人侯方域题诗宫扇赠秦淮名妓李香君，由此相恋结合。阉党余孽马士英、阮大铖通过杨龙友暗送妆奁，想趁此与复社结交，被香君怒斥。南明王朝建立后，侯方域被阮大铖诬陷，只得逃离南京。李自成攻陷北京，马、阮等迎立福王，迫害复社文人，并强迫香君改嫁党羽田仰。香君宁死不从，血溅定情宫扇。杨龙友将扇上血迹点染成桃花折枝，香君遂将此桃花扇寄与侯方域。清兵攻陷南京后，侯、李避难于栖霞山，重逢于白云庵，但感国家已亡，无以为家，遂撕破桃花扇，各自出家。此结一反大团圆的俗套，将国家兴亡与儿女私情紧紧地扣在一起。

　　本剧力求以真实的人、事、时、地为依据，是一部比较严格的历史剧。它对李香君的形象塑造主要在侯方域《李姬传》的基础上加以理想化，使她既有良家女子少有的风流，又有青楼女子少有的贞操，更有连须眉男子都少有的见识气节。在本剧中，面对阉党阮大铖暗送的妆奁，李贞丽为之贪恋，侯方域为之一时昏昏，唯香君决绝拒之。虽然香君的戏不多，但对其他人物情节的精心安排，使得她的见识气节卓立不群；剧情过渡自然，是本剧的一个特色，从开场时的温馨气氛到中间的一番争论，香君解尽丽服，到最后侯方域对她更加倾心爱慕，温馨中更添一种知己之情，层层变化，无不与人物性格相附合。另外，在侯方域由"皖人阮大铖"改口为"阮圆老"、再改称为"奸邪"，表现他的摇摆

过程。这类细节,也看出作者文心之细腻。

本出据《中国戏曲选》移录。

【作者简介】

孔尚任(1648—1718),山东曲阜人,孔子六十四代孙。三十七岁前在家养亲、读书,通过舅翁族兄了解到许多南明史料和李香君轶事。三十七岁因讲经得到康熙赏识,始入仕途,有机会寻访南明故地,结识明朝遗老。五十二岁时完成《桃花扇》。次年因此获罪罢官,作品还有传奇《小忽雷》(与顾彩合著)及诗文集数种。

【注释】

〔1〕癸未:即明崇祯十六年(1643)。

〔2〕保儿:男佣人。

〔3〕"龟尿龟尿"十二句,是科诨,笑骂那些嫖客是王八,他们胡来乱搞,连小便里也有许多分不清父亲、亲属的小王八。俗称龟、鳖为"王八",这里指嫖客。

〔4〕上头:指结婚。旧时女子未出嫁时梳辫子,临出嫁才把头发拢上去,结为发髻,叫做上头。

〔5〕孤老、表子:妓女称长期固定的客人为孤老;表子,即妓女。

〔6〕平康:唐代长安里名,妓女聚居的地方,后因称平康为妓家。柳巷:俗称妓馆聚集的地方为花街柳巷。

〔7〕杨文骢:字龙友,贵阳人,崇祯时任知县,被劾贪污,罢官候审。弘光时,任常、镇二府巡抚。清兵南下,从明宗室唐王起兵援衢州,兵败被杀。他善书画、有文才,为人豪侠自喜,颇推奖名士。事迹见《明史》二七七卷。

〔8〕小旦,扮李香君假母李贞丽。李贞丽,字淡如,明末秦淮名妓,有侠气,和复社著名人物陈贞慧最要好。

〔9〕黑甜共一乡:一齐熟睡。俗语中称睡为黑甜。

〔10〕丁香:即丁香结,本是丁香的花蕾,这里指衣服的纽扣。菱花:妆镜。

〔11〕卯酒:早晨卯时前后饮的酒。扶头有两种解释:一是振奋头脑之意,一为美酒名。这里应指前者。

〔12〕生扮侯方域:侯方域(1618—1654),字朝宗,河南商丘人,明末清初著名的作家,与方以智、冒襄、陈贞慧合称四公子。二十二岁游金陵,阮大铖愿与交,不肯往。后

阮大铖得志时,兴党人狱,欲杀侯方域,侯往依高杰得免。入清后,应河南乡试,中副榜。著有《壮悔堂文集》、《四忆堂诗集》。旦扮李香君:李香君,秦淮名妓,李贞丽之养女。事迹见侯朝宗《壮悔堂文集·李姬传》。这里强调香君、侯生出场时"艳妆上",与上面〔步步娇〕中"件件助新妆"的形容,固然符合新婚时的装束,也为下文"却奁"作伏笔,足见作者针线之密。

〔13〕"这云情接着雨况":用"巫山云雨"典故形容男女欢爱。参见《西厢记》注〔40〕。

〔14〕"被翻红浪":用宋代李清照〔凤凰台上忆吹箫〕词句。

〔15〕催妆拙句:指上出《眠香》写杨文骢送给侯、李二人催妆诗,因李香君绰号"小扇坠",杨诗中有"怀中婀娜袖中藏"句,因此下文又有"小生衫袖,如何着得下"的说白。

〔16〕流苏帐:流苏是和丝绦类似的一种装饰品;流苏帐是用流苏装饰四边的帐子。

〔17〕马督抚:即马士英,字瑶草,贵州贵阳人,当时任凤阳督抚。南明王朝时,马士英因拥戴福王有功,累升为建极阁大学士兼兵部尚书,权倾中外。他贪鄙无远略,引用阮大铖等奸佞,朝政日非。清兵大举下江南时,从前线调回黄得功、刘良佐等主力,对付左良玉,加速了南明王朝的覆灭。顺治三年(1646)马士英被清兵俘虏后杀死。

〔18〕阮大铖:字圆海,安徽怀宁人。《明史》说他"机敏滑贼,有才藻"。初依附同乡东林名士左光斗得官,不久投靠魏忠贤。魏党败露,他也被废斥。南明时,与马士英拥立福王有功,任兵部尚书,督兵江上。清兵南下时投降,从攻仙霞岭,触石死。

〔19〕"东洛才名"二句:这里比喻侯方域的才名大,文章写得好。东洛才名,指晋左思花了十年时间写成《三都赋》,大受欢迎,传抄的人很多,使洛阳纸贵。西汉文章,指西汉司马迁、司马相如等人的作品。

〔20〕争看坐车郎:这是比喻侯方域的风流美貌。相传潘岳貌美,每次坐车出游,妇女争着看他,以果掷之盈车。

〔21〕南邻大阮:晋代有南北阮,南阮指阮籍、阮咸叔侄等(见《晋书·阮咸传》)。大阮即阮籍,这里借指阮大铖。嫁衣全忙:暗用秦韬玉《贫女》中"为他人作嫁衣裳"诗意。

〔22〕"圆老当日曾游赵梦白之门"六句:阮大铖最初依附左光斗,后因不满赵南星等不让他担任吏科给事中,转而投靠魏忠贤,反对东林党人。赵南星,字梦白,明末高邑人。天启初拜吏部尚书,公忠强直,扶正抑邪,尽黜当路之私人,因得罪魏忠贤,遣戍大同,卒于戍所。杨龙友这一番说话,明显是为阮大铖说项。

〔23〕定生、次尾:即陈贞慧、吴应箕,皆当时复社文人。

〔24〕从井救人:指跳到井里救人,结果是一同淹死。

〔25〕"多情反被无情恼"二句：上句是苏轼〔蝶恋花〕(花褪残红青杏小)的词句；下
句是东晋王子猷访问戴安道时说的话，原文是："乘兴而来，兴尽而返。"

〔26〕辛勤做老娘：是戏曲俗语。全句为："婉转随儿女，辛勤做老娘。"

〔27〕花钱粉钞：指花费在花粉装饰等上面的钱钞。

〔28〕湘君能解佩：《楚辞·九歌·湘君》："遗余佩兮澧浦。"这里借来形容香君的却奁。

汲长孺矫诏发仓

杨潮观

发仓,思可权也[1]。为国家者,患莫甚乎弃民;大荒召乱,方其在难[2],君子饥不及餐,而曰待救西江,不索我于枯鱼之肆乎[3]?诗曰:"载驰载驱,周爰咨度[4]。"汲长孺有焉。

(副净扮驿丞上)若要蝗虫饱,除非野无草。救得蚂蚱[5]饥,地上已无皮。在下河南郡一个老驿丞便是。这条路上,原是出京第一,冲要无双。只因荒歉连年,人烟消散。马草一束千钱,又兼差使越多,军兴旁午[6],把应付的官马,尽力奔驰,倒毙者不计其数。今日天上一阵蝗虫过,明日地下一阵差使过。那公家的田租,遇了旱蝗,或者有蠲有赦,俺驿中私下的例规,倒是常赦所不原的[7]。你道此时,民有饥色,怎得庖有肥肉?野有饿莩,怎得厩有肥马[8]?我管驿也管得老了,到如今,实在难得应付。正是做官莫做鬼督邮[9],是人是鬼要诛求。看我官儿只有芝麻大,就压扁了芝麻能榨出几多油?咳!可为长叹息者此其一。从来说,官府不威爪牙威,群狐尾虎来,一虎百虎威[10]。口儿里蛮言乱喝,手儿里鞭梢乱掣。额外加了抬杠人夫,又添了些骑坐马匹。暗中得了折色分例,还来要你下程津贴[11]。几番在人面上弥缝,免不得马口中夺食。我一件件燕子衔泥,一般般针头削铁,下不能白手成家,上不能赤心护国。今日一路平地风波,明日一个青天霹雳[12],动不动急得推车撞壁。任凭哀告,总是个皂白难分;如此饥荒,那管你青黄不接。咳!可为流涕者此其二。虽然衙门里的事,到处官清私暗,从来阳奉阴违,就是悖入悖出[13],也须好去好来。谁知陪着我小忠小信,不得他大慈大悲。凭你剜肉医疮,总要舍身施佛[14]。没奈何撞着他鬼使神差,只得拚着我奴颜婢膝;尽着他酒囊饭袋,还要硬着我铜头铁额。他几回说不出,只管推毛求疵;我几次忍不来,又恐劈竹碍节。有打点,就是釜底抽薪;没投奔,只落得眼中出血。咳!可为痛哭者此其三。(作哭介)(内

问介）你这驿丞，好端端为何哭起来？（副净）列位不知，我乃长沙贾太傅[15]之后，祖传一篇《治安策》，惯为痛哭流涕长太息。记得我当初新上任时，排下龙图公案，扮出优孟衣冠[16]，虽则是鱼龙浑杂，却倒也人马平安。销算的丝丝入扣，支放的滴滴归源。奉行的何尝虚应故事，过往的也曾广结良缘。遇事亲身下降，从无袖手旁观；见人怒目相向，唯有唾面自干[17]。从不使唇枪舌剑，也无甚意马心猿[18]。只靠自己良心难昧，要图上头另眼相看。谁知不用本来面目，还当别有肺肝。咳！可为痛哭者此又其四。你道这是什么？饥荒时候，差使越多。每常时风雨无阻，镇日间鸡犬不宁。别条路，还众擎易举；我这厢，更孤掌难鸣。来的，那个是谦谦君子？我呵，怎做得好好先生！几番要另起炉灶，与此官永断葛藤[19]，图得个金蝉脱壳，别寻个白虎腾身。且喜昨日得了个任满升迁的喜信，这也是我傥来[20]富贵，说不尽那过去光阴。此后不愁他小船重载，从今方信我大器晚成。闲话少说，我数十年来，虽一官如寄，四海无家，还有一个女儿贾天香，随任在此，须要预先料理搬家，方才起身得快。正是：鳌鱼脱却金钩去，摆尾摇头再不来。（杂扮驿卒跑上）星忙来路远，火速报君知。禀爷，探有黄门[21]汲黯大人，往河东勘任火灾，兼程而进，今晚就要到来，本郡官员，都至此接送。夫马下程，不知可曾准备？你看尘头起处，前站来也！（副将作惊跌介）怎么说？祸事了。我昏昏的俾昼作夜，忙忙的度日如年，谁知瓜熟蒂落，还是藕断丝连。顷刻五龙齐到，眼见一马当先。听了你面面相觑，吓得我默默无言。既要顶礼那一佛出世[22]，又要发送他五岳朝天。叫驿头，且备马一百！（杂）槽上只有一匹。（副净）可用夫三百！（杂）簿内并无一卒。（副净）呀！没奈何，且多备些酒食。（杂）钱粮已断了三七。（副净）如此怎了？（杂）爷莫忙，我有计。（副净）你有甚计？（杂）三十六着，走为上着。等他到来，你去你女儿房中，躲在眠床脚下，包管他搜寻不出，自然去了。（副净）果然妙计。这不是闹中取静，也算得忙里偷闲。虽不免垂头丧气，也胜如摇尾乞怜。且等女儿出来，与他商议则个。（杂）待我再打听去。（下）（小旦〈贾天香〉上）水来须要土掩，兵来还是将当。一计明修栈道，三军暗度陈仓[23]。孩儿听得爹爹说话好笑，故此出堂问讯。那差来，你不打发他，凭你躲在那里,他来得去不得,怎生了事。且问这是什么天使?(副净)孩儿不知,这差使利害,是什么黄门汲大人,往河东勘火灾去的。(小旦)既如此,孩儿有计较,父亲请放心,只要孩儿画起一道灵符,包管禁住他,不得往河东去。(副净)从不见你会画符,就这样灵验,事到其间,你说生姜树上生,我也只得依你说[24]。(小旦)只怕黄瓜树上生,我就不得同你活。爹不要闲管,待孩儿驿亭上去来。(下)(副净)可怜一官半职,枉受万苦千辛。我从来一筹莫展,到如今四顾无门。亏他随机应变,替我见机生情。但得天从人愿,自然福至心灵。(下)(生扮汲黯持节[25],侍从随上)冥冥氛祲未全销,路指河东绛水遥[26]。谁与至尊忧社稷?绣衣仍插侍中貂[27]。下官汲长孺。荷蒙圣恩,官拜大中大夫、黄门给事。前日河东报到,居民失火,延及千家,圣上轸念灾黎[28],特命下官持节,前去抚绥。来此已是河南地面,军士们,且在驿馆歇宿一宵,再行过河北去。(众应下)(生)好个临池的驿亭!丛篁拂地,高柳参天。怎多枯槁了?呀!壁上有甚留题?待我看来。(念介)龙向河东雨,河南隔岸灾。过云不泽物,空自起尘埃。洛阳才子贾天香题笔。呀!什么贾天香?自称洛阳才子,他诗中句语,明明讥诮着下官,好生可恼!叫驿丞!(副净上)做此官,行此礼。驿丞叩头。(生)好大胆驿丞,并不将驿馆打扫洁净,快叫那壁上题诗的贾天香来,免你一打。(副净)领钧旨。阿呀!我说什么灵符,惹出事来了。(下)(小旦上)门前箫鼓喧,知有贵客至。不做仪封人[29],怎得见君子。黄门大人有礼!(生)我要那题诗的人,怎来一个女子?(小旦)我就是题诗的贾天香。(生)你一女娃,何敢自称才子,在壁上卖弄诗才?(小旦)才不才,亦各言其志也,有甚使不得?

【北双调新水令】暮云天际驿垣高,倚危栏使星[30]不到。我只见红尘迷候骑[31],因此上彩袖点吟毫。对景萧条,图画出流民稿[32]。

【南仙吕入双调步步娇】(生)只见粉壁涂鸦[33],把我题诗诮。(小旦)怎见得是讥刺大人?(生)是你分明道,枉向这河南走一遭。只为咱绣斧[34]经临,路途骚扰。是何物女娇娃?也充做乡三老[35]?

当今在上圣明,洞悉民间疾苦,那二千石[36]长吏,仰承德意,膏泽旁流,那有匿灾不报的事。你一女子,焉知外事?敢虚言惑众,谤讪朝廷,当得

何罪?(小旦)黄门大人,且休见罪。请问大人,河东去,有何公干?(生)河东失火千家,吾奉圣恩,前去抚恤,此岂汝女子所知。(小旦)既如此,那河东是朝廷百姓,难道河南独不是朝廷赤子?

【北折桂令】念河东土沃民饶,物盛灾生,偶尔延烧。却不道比似河南,频年无麦又无苗。看一望流离载道,哀鸿无处不嗷嗷[37]。大人,你想这两厢,孰轻孰重?况且失火千家,必是市廛商贩,元气何伤?这水旱蝗蝻,乃是农民失望。却那边厢一炬怜焦,惠及蓬茅;这壁厢万口空号,直恁地隔断云霄[38]!

难得天使到来,穷民如见天日,大人乃过而不问,可乎?(生)下官自出关来,也曾沿途体访,虽则年不顺成,还未见十分荒乱。(小旦)大人,你只大路边一过,其中就里谁肯教天使得见。你若不信,请登北邙[39]一望。那虎牢关[40]外,赤地千里。(生作登山望介)

【南江儿水】看满目蜚鸿[41]起,愁云压虎牢,果然四野无青草。如此奇灾,竟毫不上闻,此皆二千石长吏之罪也。那官家闲锁着敖仓耗[42],这生灵险做了沟渠料,兀自把丰登入告。我将你壁上簪花,一字字要碧纱笼罩[43]。

等我使毕回来,定当入奏,救此数郡生灵。(小旦)难得大人肯援之以手,只是等你事毕回来,方去陈奏,此间残喘遗黎,早都饿死,还救得甚来?

【北得胜令】乱慌慌焚溺在崇朝[44],喘歔歔顷刻也难熬。岂不闻救倒悬[45]须是早,那些个等需云[46]济旱苗。待来朝,受风吹便见千人倒;趁今朝,妙手凭君一着敲。妙手凭君一着敲。

(生)话虽如此,我乃河东使臣,怎管得你河南的事?(小旦)大人差矣!你在汉朝,是什么闲散冗员,还是什么无名小辈?(生)吾乃汉天子黄门近臣,汲黯的便是。(小旦)原来就是大人。你以忠直鸣于天下,妾虽不出闺门,也如雷贯耳,谁料今日所见不如所闻。就此看来,你忠也不十分忠,直也不十分直。(生)你责备得是,只是一件:

【南园林好】我今来河南一遭,原是往河东一道。要救这鳏穷无告,怎不奏九重霄?怎不奏九重霄?

（小旦）请问大人，你持此节何用？妾身虽不读书，尝闻《春秋》^[47]之义：大夫出疆，有可以安国家、利社稷者，专之可也。因此上定当责备贤者。（生）依你便怎么样？（小旦）大人既为亲信近臣，就是天子耳目，岂有目击颠危，坐视不救之理？依妾愚见，你既来到此，竟该从权矫诏，持节发仓，救此数百万生灵垂死之命，一面便宜行事，一面奏闻天子，请其矫制之罪。圣明在上，必不加诛。就使因而得罪，你把一人的命，换了千万人之命，也不亏负了你，岂不是一路福星，千秋盛事！那河东，去也罢，不去也罢。妾语不嫌唐突，大人也可不用三思。（生）你倒说得慷慨。（小旦）

【北收江南】呀，你名为正直立当朝，怎担承不做的一时豪。现放着敖仓千万在成皋^[48]。咱要你做一担儿挑，咱要你做一担儿挑。你代天行道可辞劳？

　　（生）不料这妮子有恁般见识，难道我汲黯倒是个义不为无勇之夫？

【南川拨棹】非推调，便从权须矫诏。去打开常社仓廒^[49]，去打开常社仓廒。但将他饥人救疗，任天威何敢逃，为苍生拚这遭。

　　候吏们，快去宣那仓曹户曹^[50]，在府堂伺候宣旨。就此拨转马头，且不过河东去者。（内应介）（生）呀！且住。方才不曾问明，你是何家女子？（小旦）妾身就是这驿丞之女。既大人有命，不用过河夫马，妾好回俺父亲去也。谁知缓兵计，做了度人经。

【北收尾】深闺敢露如簧^[51]笑，只为着计阻星轺^[52]。挑动的书生迂阔代人劳，怎知俺暗度金针^[53]个中巧。（下）

　　（生）原来这驿丞，有此奇女。（杂扮候吏上）禀爷，阖郡官员，同仓曹户曹，都在府堂伺候。（生）吩咐打道。

　　天上星辰使节高，几人咨访及刍荛^[54]。

　　人歌人哭无人问，端赖忠良翊^[55]圣朝。

【题解】

　　本剧写一个长期受过往使臣摆布的老驿丞在荒年再也拿不出东西来侍候，偏偏又有钦差大臣汲黯要往河东勘火灾，驿丞之女贾天香听说后，说服汲

黯缓过河东,矫发圣旨,开仓救济河南灾民,汲黯从之,河南灾民因此得救,老驿丞也因此解除困境。

剧本写的是汉代的事情,却触及了中央集权制下特有的诸多弊病:官吏匿灾不报,反报丰收;使臣恰如蝗虫,祸害百姓;皇帝有如远水,难解百姓近危……在伶俐犀利的贾天香口中,则表达了先秦时的民本思想:民为贵,君为轻。为救万民于水火,圣旨可以改,获罪也值得。这种与忠君思想相背的民本精神,可以说是本剧的精华所在。

但这民本思想的表现不是刻意的,而是无意识流露出来的。在女儿心中,既然父亲面临无以招待使臣的困境,圣旨自然是无足轻重的;在使臣面前,既然看到了"四野无青草"的灾情,圣旨自然是次要的。矫旨之举,不过是发自常情良心。民重君轻的思想表现得越自然,就越能证明它具有深刻的合理性。这一点,可以说是本剧的成功所在。

本剧的说白融入写成骈四俪六的民间谚语,既通俗易懂,又音韵铿锵,符合舞台演出的要求,后来戏曲中的韵白多继承这个传统。

本戏据《中国戏曲选》移录。

【作者简介】

杨潮观(1712—1791),江苏无锡人。乾隆年间做过十六任县令,是个关心民生疾苦的有为官吏。著有一折短剧三十二种,汇编为《吟风阁杂剧》。

【注释】

〔1〕汲长孺:即汲黯,西汉人。汉武帝时为东海太守,淮阳太守。他能对朝廷直言切谏,被认为是正直不阿的官吏。矫诏:伪托皇帝的诏令。发仓:开仓济民。"发仓"至"汲长孺有焉"一段,是本剧的小序。与唐代白居易在每首新乐府前加序的做法相似,《吟风阁杂剧》每种都有小序,明示该剧的主旨。序的头二字为各剧剧名的简称。权:权宜。

〔2〕"大荒"二句:意为大荒之年是容易招致动乱,民众正当灾难的时候。

〔3〕"待救西江"两句:远水不救近火,缓不济急的意思。语出《庄子·外物》篇。鲋鱼在干涸的车辙中,向庄周求水活命。庄周准备"激西江之水"救它,鲋鱼说:"我只要一升半斗的水就能活命,你却说这样的话,还不如趁早到卖鱼档找我吧。"

〔4〕"载驰载驱,周爰咨度":语出《诗经·小雅·皇皇者华》,意思是说,大臣出巡,应该处处向贤良的人咨询。

〔5〕蚂蜡:疑作者指"蝗"的俗名蚂蚱。

〔6〕军兴旁午：军兴，为军队征聚的赋税。旁午，纵横交错，引申为繁杂。

〔7〕蠲（juān捐）：免除。常赦所不原的，指连大赦中都赦免不了的罪过。意即无论如何也改不了的。

〔8〕"民有饥色"四句：《孟子·梁惠王上》："庖有肥肉，厩有肥马，民有饥色，野有饿莩。"为此四句所本。厩（jiù救）：马房。

〔9〕督邮：汉代地方行政人员，代表太守督察县乡，但从上下文看，这里当指驿丞，因为驿站也叫邮亭。

〔10〕一虎百虎威：本只一虎，因群狐假威，就成百虎。

〔11〕折色分例：折色，在银子上打折扣；分例，犹回扣、佣金。两者都是官吏贪污的手段。下程：送行的礼物。

〔12〕来不来：来得来不得，能不能。立马：立即。

〔13〕悖入悖出：以不正当手段得来的钱，又被别人用不正当的手段拿去。

〔14〕剜肉医疮：语自唐代聂夷中《咏田家》："二月卖新丝，五月粜新谷。医得眼前疮，剜却心头肉。"舍身施棺：原指佛教徒牺牲肉体表示虔诚，后泛指牺牲自己。

〔15〕长沙贾太傅：即汉代贾谊。贾谊曾为长沙王太傅。这里驿丞的一段长白，就是模仿贾谊《治安策》的声口的。

〔16〕龙图公案：包拯审案的案桌。宋朝包拯，曾任龙图阁直学士，以梗直公正，不畏权贵著名。这里写汉事用宋典，不足取，但副净说的话具有打诨性质，也就不必计较。优孟衣冠：优孟，春秋时楚国的优伶。楚庄王很信任孙叔敖，后来孙叔敖死了，楚庄王慢慢把他忘记。孙叔敖的儿子过着困穷的生活。优孟便穿上孙叔敖的服装，扮作孙叔敖。楚庄王一见，大为感动，给了孙叔敖的儿子许多封赏。

〔17〕唾面自干：忍辱的意思。用唐代娄师德的故事。娄师德认为，如果别人在他脸上吐口水，不必介意，也不要抹掉，让口水自干算了。

〔18〕意马心猿：道家语，比喻心意不定。

〔19〕葛藤：牵连，系的意思。

〔20〕傥来：俗语，无意中得来的意思。

〔21〕黄门：宫禁中官署名。

〔22〕顶礼那一佛出世：顶礼，跪拜，佛家最隆重的礼节。俗谚有"一佛出世，二佛升天"或"一佛出世，二佛涅槃"的说法，比喻死去活来。这里"一佛出世"，借喻尊贵的官员。

〔23〕"一计明修栈道"二句：以表面假象迷惑敌人，暗中另搞一套的意思。典故参见《赚蒯通》注〔21〕。

〔24〕"生姜树上生"：比喻执拗的人死也死在执拗上。此二句是北宋邵康节临终时对程伊川说的话，见程伊川《语录》。

〔25〕节：符节。古代朝官外任时用它来表示身份。

〔26〕氛祲（jìn jìn）：妖氛，不祥之气。绛水：河流名，在山西境内。

〔27〕绣衣：全名是"绣衣直指"，是汉代的特派官员，有权诛杀办事不力的地方官。侍中：汉代跟随皇帝的官员。貂：汉代的冠饰，为侍中、常侍所插用。这句意思是说兼任绣衣直指和侍中两种职务，既在皇帝身边陪侍，又被皇帝派遣外出巡视。

〔28〕轸（zhěn 诊）念灾黎：轸念，悯念；灾黎，受灾的黎民百姓。

〔29〕仪封人：语出《论语·八佾》，指在仪地方典守边界的官吏。仪，地名，在今河南省兰考县境内。封人，官名，典守边疆的官。《左传》有颍谷封人、祭封人、萧封人、吕封人等。

〔30〕使星：使者。

〔31〕候骑：侦骑。

〔32〕图画出流民稿：宋神宗时，有一年，久旱不雨，饥民流离失所，郑侠便画了一幅《流民图》献给宋神宗。

〔33〕涂鸦：拙劣的书写。

〔34〕绣斧：代表绣衣直指。穿着绣衣，拿着斧钺，是绣衣直指的装饰。

〔35〕乡三老：三老，官名。秦代设"乡三老"，汉代又增设"县三老"，掌管教化的官。

〔36〕二千石：汉代郡守级官员所享的俸禄。

〔37〕哀鸿：哀鸣的鸿雁。比喻流离失所的老百姓。嗷嗷：发愁的声音。此句本自《诗·小雅·鸿雁》："鸿雁于飞，哀鸣嗷嗷。"

〔38〕"万口空号"二句，用杜甫《兵车行》"哭声直上干云霄"句。

〔39〕北邙（máng 忙）：山名，在河南洛阳。

〔40〕虎牢关：在今河南省成皋县西北。

〔41〕蠹鸿：飞虫。

〔42〕敖仓耗：敖，山名，秦代在敖山中建立仓库，后来便以敖仓作仓库的专名。耗，耗米。封建时代，地方向朝廷缴纳粮米，除运输规定数外，还要多带米粮以备沿途损耗。这些米，就称为耗米。这里引申为粮饷。

〔43〕簪花：即簪花格，娟秀美丽的书法。碧纱笼：唐代王播年少孤贫时，寄食于扬州僧寺，寺僧厌之，故意在饭后才敲钟，王播因此题诗："惭愧阇黎饭后钟。"后来他在扬州做官，见到这句题诗已被碧纱笼护。

〔44〕崇朝：时间很近的意思。

〔45〕倒悬：倒挂。比喻备受折磨。

〔46〕需云：等待下雨的云。

〔47〕《春秋》：见《单刀赴会》注〔14〕。此数语不见于春秋三传，当是作者根据春秋语义化用的。

〔48〕成皋：县名，在河南省境内。

〔49〕常社仓廒（áo 敖）：常，常平仓；社，社仓，是汉代和隋代的义仓，所藏粮米用于赈济平民。仓廒：仓库。

〔50〕仓曹：汉代管仓库的低级官吏。户曹：管户籍的低级官吏。

〔51〕如簧：说话像簧一样悦耳。簧，乐器中的薄竹片或铜片，吹之发声。

〔52〕星轺（yáo 姚）：使臣乘坐的车子。轺，轻便的车子。

〔53〕暗度金针：意思是暗地传授秘诀。传说天上的织女把一只金针送给郑采娘，教她别在裙带上，不让人知道，三日以后，手艺便变得精巧。

〔54〕刍荛（chú yáo 锄尧）：割草打柴。也指樵夫等一般平民百姓。《诗·大雅·板》有"先民有言，询于刍荛"句，为此句所本。

〔55〕翊（yì异）：辅助，护卫。

四 弦 秋

蒋士铨

第三出 秋 梦

（副净艄婆摇船，小旦〈花退红〉上）

【越调引子】【霜天晓角】空船自守，别恨年年有。最苦寒江似酒，将人醉过深秋。

（副净下）（小旦）〔西江月〕昔住虾蟆陵下，今居舴艋舟中[1]。伯劳飞燕影西东，做了随鸦彩凤[2]。 洗却剩脂零粉，禁持[3]细雨斜风。春情已逐晓云空，但与芦花同梦。奴家花退红，自送吴郎往浮梁[4]卖茶去后，音信杳然，叫奴家独守孤舟，依栖江上。韶光过眼，秋气感人，回忆少年情事，好不教人迷闷也呵！

【小桃红】曾记得"一江春水向东流"[5]，忽忽的伤春后也。我去来江边，怎比他"闺中少妇不知愁"[6]。才眼底又心头[7]，捱不过夜潮生，暮帆收，雁声来趁着虫声逗也。靠牙樯[8]数遍更筹，难道是我教他、教他去觅封侯。

（伏几睡介）（老旦上）以因成梦，因尽则醒。一切起灭，皆幻泡影[9]。退姐起来！（小旦）呀！你是我的姨娘，多年不见，从何处来。（老旦）因你出京后，我等门户[10]中十分减色。长安豪富子弟如杨崇义、郭万金、刘逸、卫旷[11]等，一个个思想你的琵琶，都来到我家，问你下落。（小旦）哎哟，京中弹琵琶的尽多，何必念着女儿来。（老旦）只为你：

【下山虎】半肩舞袖，一串歌喉，红粉人非旧。银筝自挡，但弄着鹍弦，让伊好手[12]。（小旦）那康昆仑、郑中丞、段师、杨姑[13]各家的子弟如何了？（老旦）都相继散亡，零落殆尽矣。（小旦泪介）时移物换，不但文人学士逐渐凋零，可叹也，便风月烟花一例[14]休。（老旦）二等人随处有，

一等人难与求。百事皆将就，甚人害羞，数不尽重抱琵琶过别舟[15]。哪，你那些旧日朋友都来了，我去备酒来。（下）

（末、净、生、副净扮豪家从人捧金帛上）

【五韵美】戏芳丛，抛红豆，黄金论笏珠论斗[16]，把爱钱人买得笑歪口。来此花退娘家，不免进去。（小旦）呀！列位官人何处来？（末）我们访了几时，方知你移居在此。今日各带薄礼相送，要与你欢聚片时。（小旦）多谢了，姨娘取酒来。（老旦送酒上）列位官人请坐。（净）小厮们，将礼物交与妈妈。（老旦）哎呀呀！好东西呀！（收下）（生）退娘，我们今日来呵，寻花问柳，要听你琵琶新奏。（副净）退娘可还记得我的姓名么？（小旦笑介）怎么不记得。呃！是这个。（净）呃！是这个。（大笑介）兄也太痴了，你为的是这个，他为的是那个。几曾见天下为这个那个的人，岂有记得姓名之理？不过是钻时送，卖处收。君不见到酒散歌阑，大家撒手。（末）休得琐碎，我们坐了吧。

（小旦送酒介）

【五般宜】当日个试花骢[17]伴君冶游，今日个擎玉盏劝君款留。（生）退娘琵琶哩？（小旦）且快饮一回，少停请教，还只怕弹出半林秋[18]。（副净翻酒介）（净）呀，打污了退娘鲜红裙子哩。（小旦）不妨！你看这一点半点，晕痕原有；天长地久，鸾交凤友。只愿洗不淡的浓情，沁奴心都似酒。

（内金鼓喊杀声，众惊散下）（杂扮兵将合战下）（丑[19]扮兵将执藤牌赶上，回身见旦，立住猛叫一声"姐姐"，急下）（小旦呆介）

【山麻秸】看战马风云骤，他为甚带剑飞行，不肯停留。想是主帅厉害，不许片刻迟误。咳呀！天，天那！休，休！他生来不像能长寿，可怜爹娘养我两个，在世上干些甚的事来，分做了尘沙鬼魅，干戈魂魄，粉黛骷髅。

（外、末锦衣花帽白须同上）女学生不要哭了。（小旦）原来是曹师父、穆师父，一向康健么？（外、末）好，你可好么？（小旦）师父听启：

【黑麻令】抛撒下青楼翠楼[20]，便飘零江州外州，诉不尽新愁旧愁。做了个半老佳人，厮守定芦洲荻洲。（外、末）耐烦些儿吧！（小旦）二位师父在何处过活。（末）我们依旧在梨园承值。（外）因记念你，所以同来看看，不料你也憔悴了。（小旦）多谢师父。（悲介）浑不是花柔柳柔，结果在渔舟钓舟。剩当时一面琵琶，断送了红妆白头。

（内鼓锣五更，外、末下）（小旦仍坐作醒介）呀，原来是一场大梦。

【江城子】我道是低迷燕子楼[21]，却依然身落扁舟。这都是我心中思想结成的哟！为此枕边现出根由。（内吹角介）听孤城画角咽江流，问谁向梦儿中最久。呀！这帕儿上泪痕早则如许也。

【尾声】少年情事堪寻究，泪珠儿把阑干红透[22]。咳！不知他那几担的新茶可曾卖去否。（下）

【题解】

白居易的《琵琶行》问世之后，改编本有元代马致远的《青衫泪》和明代顾大典的《青衫记》，他们把原作中萍水相逢却同病相怜的喟叹，改为一见钟情乃至终成眷属的风流韵事。蒋士铨有感于这些改编的"庸劣可鄙"，立意于表现人生如梦，别有一种深沉而缥缈的意境。但作者的选材又是现实的，他一改以巧取胜的传统戏路，只是敷衍了几个耐人寻味的生活片断。第一出写花退红苦留丈夫；第二出写白居易被贬江州，第四出写白居易听花退红弹琵琶诉身世。剧中人物几乎不带夸张的成分，恰如生活中的芸芸众生。全剧既有浓郁的抒情气氛，又有恰如其分的情节安排；不仅是可读的案头作品，而且是可演的舞台脚本。

本出戏是从《琵琶行》的"夜深忽梦少年事，梦啼妆泪红阑干"生发的。梦境虽然虚幻，即剥笋般地将生活的本质呈露出来。如花退红叫不出来客的名字，只以"呃，是这个"来应酬一节，揭示出青楼中人与人之间逢场作戏的特点。其曲词在化用古词如出己手方面，可与汤显祖比美，且更浅近易读。

【作者简介】

蒋士铨（1725—1785），江西铅山人，曾任翰林院编修等文职，与杨潮观同为清代中叶的著名剧作家,著有杂剧与传奇多种。

【注释】

〔1〕昔住虾蟆陵下:白居易《琵琶行》写琵琶女"自言本是京城女,家在虾蟆陵下住",为此句所本。虾蟆陵,在长安城东南郊,是酒坊杂处的游乐区。舴艋舟:小船,以形似蚱蜢而名。

〔2〕伯劳飞燕影东西:即劳燕分飞,比喻离别。伯劳:鸟名。随鸦彩凤:比喻所配非偶的女子。

〔3〕禁持:忍受。

〔4〕花退红:作者根据苏轼〔蝶恋花〕首句"花褪残红青杏小"为女主角起的名字。此前改编本都以唐琵琶妓裴兴奴为白居易《琵琶行》女主人公,实际上并无根据。浮梁:县名,今江西景德镇。

〔5〕一江春水向东流:李煜《虞美人》词中句。

〔6〕闺中少妇不知愁:与下面"教他去觅封侯"句,均引自王昌龄《闺怨》,原诗句分别为"闺中少妇不知愁"、"悔教夫婿觅封侯"。

〔7〕才眼底又心头:化用李清照〔采桑子〕词句:"才下眉头,又上心头。"

〔8〕牙樯:船上帆杆。

〔9〕"以因成梦"四句:为佛家语,"因"为因缘。《金刚经》云:"一切有为法,如梦、幻、泡、影。"比喻人生无常,万事皆空。

〔10〕门户:指勾阑行院。

〔11〕杨崇义、郭万金、刘逸、卫旷:作者虚构的名字。

〔12〕"半肩舞袖"五句:意指歌舞场上物是人非,再没有像花退红这样的弹琵琶高手。鹍(kūn昆)弦:用鹍鸡筋做的琵琶弦。

〔13〕康昆仑、郑中丞、段师、杨姑:均唐中叶艺人。康昆仑,唐德宗贞元年间乐师,被誉为琵琶第一高手。郑中丞,文宗年间大内乐工,善胡琴,因得罪文宗,被缢杀投于河中,为梁厚救活。后文宗追悔,仍召回大内,厚赐梁厚。段师,为康昆仑之师,每弹琵琶,"及下拨,声如雷,其妙入神"。杨姑,本宣徽弟子,后放出宫,琵琶妙绝(以上均见唐段安节《乐府杂录》)。

〔14〕一例:一样。

〔15〕重抱琵琶过别舟:语出白居易《琵琶行》"犹抱琵琶半遮面"及顾大典《青衫记·茶客婆兴》"又抱琵琶过别舟"。后以"琵琶别抱"指妇女改嫁。

〔16〕"戏芳丛"三句:意为寻花问柳。红豆,指相思,语出王维《相思》诗,这里抛红豆,比喻追欢作乐。笏(hù护),古代君臣在朝廷相见时手中所拿的狭长板子,在此形容金条。

〔17〕花骢：良马名。

〔18〕半林秋：指凄凉之声。

〔19〕丑，扮演花退红的弟弟，第一出提到他被征入伍。

〔20〕青楼翠楼：指妓馆。

〔21〕低迷：朦胧。燕子楼：唐张尚书纳妓关盼盼，为之筑燕子楼，张死后，关独居于楼，历十五年不嫁。

〔22〕阑干：在此指眼眶。此句化自《琵琶行》的"梦啼妆泪红阑干"。

尼 姑 思 凡

无名氏

（贴〈小尼姑〉上）

【佛曲】昔日有个目连僧，救母亲临地狱门[1]。借问灵山[2]多少路？十万八千有余零。南无佛阿弥陀佛。

　　削发为尼实可怜，禅灯一盏伴奴眠。光阴易过催人老，辜负青春美少年！
小尼赵氏，法名色空。幼入空门，早年披剃。咳！朝参暮拜，念佛看经，何时得了！正是：禅房寂静无人伴，鸟啼花落有谁知？好不伤感人也！

【山坡羊】小尼姑年方二八，正青春，被师父削去了头发。每日里，在佛殿上烧香换水，见几个子弟游戏在山门下。他把眼儿瞧着咱，咱把眼儿觑着他。他与咱，咱共他，两下里多牵挂。冤家！怎能够成就了姻缘，就死在阎王殿前，由他把那碓来舂，锯来解，磨来挨，放在油锅里去炸[3]。由他，只见那活人受罪，那曾见死鬼带枷？由他。火烧眉毛，且顾眼下！火烧眉毛，且顾眼下！

　　想我在此出家，原非本心。

【前腔】只因俺父好看经，俺娘亲爱念佛，暮礼朝参，每日里在佛殿上烧香供佛。生下我来疾病多，因此上，把奴家舍入在空门，为尼过活。与人家追荐亡灵，不住口的念着弥陀。只听得钟声法鼓，不住手的击磬摇铃；击磬摇铃，擂鼓吹螺。平白地与地府阴司做功课！《多心经》，多念过；《孔雀经》，参不破；惟有那《莲经》七卷是最难学[4]，俺师父在眠里梦里多教过。念几声南无佛，哆唖哆，萨嘛诃的般若波罗。念几声弥陀，咦，恨一声媒婆！念几声娑婆诃，叫，叫一声没奈何！念几声哆唖哆，怎知我感叹还多！

吓！不免到回廊下闲步一回，少遣闷怀则个。（下）（场上锣鼓，烟火[5]，杂扮罗汉觔斗上，觔斗下）（内奏细乐，老旦扮观音，小生善财，旦龙女，生韦驮上[6]）（老旦）

【新水令】孤云出岫下瑶天，笑拈花[7]飞来千片。金篦[8]开觉路，宝筏渡迷川。法力无力，法力无边。慈悲愿普渡迷津汉。

救苦慈悲法力强，竹林鹦鹉弄笙簧。慧眼微开遍宇宙，眉间放出白毫光。我乃南海落伽山观音大士是也。今日登座说法，你看众罗汉鼓舞而来也。（老旦坐台上，小生、旦立两旁，生立正中，众罗汉跳下，各参见，庄严坐介）（贴上）

【接前】绕回廊，散闷则个。呀！你看两旁罗汉塑得来好不庄严也！又则见两旁罗汉塑得来有些傻角[9]。一个儿抱膝舒怀，口儿里念着我；一个儿手托香腮，心儿里想着我；一个儿眼倦眉开，朦胧的觑着我。惟有那布袋罗汉[10]笑呵呵：他笑我时光错，光阴过，有谁人，有谁人肯娶我这年老婆婆？降龙的，恼着我；伏虎的，恨着我。那长眉大仙愁着我[11]：他愁我老来时有甚么结果？佛前灯，做不得洞房花烛；香积厨，做不得玳筵东阁[12]；钟鼓楼，做不得望夫台；草蒲团，当不得芙蓉软褥。我本是女娇娥，又不是男儿汉，为何腰系黄绦，身穿直裰[13]？见人家夫妻们洒乐[14]，一对对着锦穿罗？阿呀！天呀！不由人心热如火！不由人心热如火！吓，也罢，今日趁师父师兄多不在家，不免逃下山去。倘有些机缘，亦未可知。有理吓，有理。奴把袈裟扯破，埋了藏经，弃了木鱼，丢了铙钹。学不得罗刹女[15]去降魔；学不得南海水月观音座。夜深沉，独自卧；起来时，独自坐。有谁人，孤恓似我？是这等削发缘何？恨只恨，说谎的僧和俗：那里有天下园林树木佛？那里有枝枝叶叶光明佛？那里有江河两岸流沙佛？那里有八万四千弥陀佛？从今后，把钟楼佛殿远离却，下山寻一个少年哥哥。凭他打我，骂我，说我，笑我。一心不愿成佛，不念弥陀般若波罗！

好了！且喜被我逃下山来了！

【尾声】但愿生下一个小孩儿，却不道是快活杀了我！（笑下）

（老旦）善哉！善哉！赵尼凡心顿起，逃下山去，这孽报何日得了也！众罗汉收拾庄严者。（下）（众跳下）

【题解】

本剧原是目连戏中的一折。目连戏是佛教传入中国后与本土文化结合的产物，在宣扬禅心的同时大力宣扬孝道。向往红尘的"淫尼"最终遭受报应，便是对禅心不定者的警戒。但向往世俗的角色理所当然使世俗的观众感到亲切。在历代演出、改编的过程中，"淫尼"渐趋生动可爱，于是，由讽刺对象变成了欣赏对象，抽象的否定再也抹杀不了具体的肯定。她遭受报应的结局也就被淡化乃至省略，实际上是作为折子戏从目连戏长卷中独立出来。不妨说，这个折子戏是佛教戏曲中的"恶之花"。

本剧中自幼被父母送入空门的色空，为了顺从自己的自然天性，过一种普通女性的生活，抛弃佛门的信仰以及清规戒律。在她的眼里，连泥塑罗汉都充满人情味，这是何等的可喜可爱；在她的口里表达出佛门最为忌讳的对神鬼的疑问与否定，这是何等的大胆。除了亵渎看不见、摸不着的神灵之外，她实在没有伤害别的什么人，与世俗的道德也不大矛盾。因此，她的语言虽然火辣辣地缺少温良恭俭让，却因其直抒胸臆而受到欣赏。

【注释】

〔1〕"昔日有个目连僧"二句：传说青提私藏设斋供佛的财宝，堕入地狱。其子目连成正果后，至冥间找寻，于阿鼻狱见母受苦。乃请如来帮忙，终把青提救出地狱。

〔2〕灵山：即灵鹫山，在印度，如来曾讲经于此。后中国的佛教胜地有沿袭此名者。

〔3〕春、锯、磨、炸：均为佛教传说中地狱里的苦刑。

〔4〕《多心经》：全称《般若波罗蜜多心经》，历代汉文翻译有七种，通行唐玄奘译本。主要宣扬"般若"（智慧）观察宇宙万有。《孔雀经》：三卷，唐不空译，全名《佛母大孔雀明王经》，说孔雀明王的神咒。《莲经》：全名《妙法莲华经》，有三种汉译本，通行后秦鸠摩罗什译本，共七卷。内容主要宣扬人人皆能成佛。

〔5〕烟火：鬼神出场时，往往燃烧松香制造烟火来衬托其神秘虚幻。

〔6〕观音：佛教中救苦救难的菩萨。善财：佛弟子名，因出生时种种珍宝自然涌出

而得名。龙女：观音的侍女，手捧插柳宝瓶。韦驮：佛教中的护法神。

〔7〕笑拈花：传说释迦在灵山会上拈花示众，众人不解，唯迦叶破颜微笑，释迦便将微妙法门传授给他。

〔8〕金镵(chán 蝉)：刨土的金属工具。

〔9〕"又则见两旁罗汉塑得来有些傻角"一段：这一段写色空眼中，绕廊两旁的泥塑罗汉，神态各异，感情丰富，关心她的幸福，鼓励她及早还俗。手法新颖，成功地展示了色空的内心世界。

〔10〕布袋罗汉：世传为弥勒菩萨之化身，常以杖荷布袋，见物即乞，故人称布袋和尚(《传灯录》卷二十七)。

〔11〕"降龙的"五句：降龙、伏虎、长眉大仙，均为佛教传说中神态各异的罗汉。

〔12〕"香积厨"二句：指寺院里的厨房做不了迎宾喜筵。香积厨，佛寺的食厨。玳筵东阁，这里指迎宾喜筵。玳筵，丰美的筵席。东阁，为招致宾客的地方。

〔13〕黄绦：黄色的丝带。直裰：僧袍。因直裰也是古代士大夫的便服，所以说自己不是男儿汉，不应系黄绦，穿直裰。

〔14〕洒乐：即洒落，风流潇洒、无拘无束之意。

〔15〕罗刹女：又名罗刹婆，状凶恶，食人血肉，或飞空或地行，疾捷可畏(《慧琳音义》)。